Donat Blum

OPOE

Roman

»Ich will das Opernhaus! Ich will mein Opernhaus! Ich will eine Oper haben!«

Werner Herzog, *Fitzcarraldo*

Wir sind beide in einer kleinen Kleinstadt geboren, beide am Rhein. Ich oben, wo er über die Felsen stürzt, und Opoe unten, wo er verästelt in die Nordsee fließt. Ich schlage die Beine übereinander, wie sie es tat, das eine Bein um das andere gerankt und die Hände dazwischen geklemmt. Was uns darüber hinaus verband?

Opoe, das ist, das war meine Großmutter. Ja, mit U spricht man das aus: Opu. Und ich? Ich war, ich bin auf der Suche nach Wahrheit. Keine Wahrheit von Fakten, kein Entweder-Oder, keine simple Kausalität, sondern eine Wahrheit ähnlich derjenigen von Träumen. Oder von Opern, die gebaut werden sollen.

Ich schaute der Butter zu, die langsam über den Tortellini zerging. Ich rieb Käse und aß alles auf, obwohl mein Bauch längst schmerzte, suchte einen Gegenstand, um die Teigreste aus den Löchern des Abtropfsiebes zu drücken, und schrubbte über das Aluminium, als könnte ich es so zum Glänzen bringen. Ich schaute aufs Handy, das schon wieder surrte: Drei Anrufe in Abwesenheit, eine Nachricht meiner Mutter.

Ich rannte durch Alleen, die blattlose Pappeln säumten, folgte Holzpfeilen durch Grabsteinfelder, bis ich das Granitgebäude erreichte, an dem Messingbuchstaben verkündeten, dass es hier war, wo Menschen zu Asche wurden.

Meine Mutter ging auf dem Kiesplatz auf und ab. Sie umarmte mich. Ich spürte den Wollmantel kratzen. Sie fror, alle froren: meine Schwester, die hilflos mit den Schultern zuckte, und die restliche Handvoll Leute, die sich um den Eingang drängten, als wäre er eine wärmende

Feuertonne, und die abrupt verschwanden, als die Tür von innen aufgeschlossen wurde.

Ich wartete auf Joel. Ich zog die Schultern hoch, um möglichst viel meines Kopfes mit dem Kragen der Lederjacke zu schützen. Ich versuchte das Aufstoßen der Steinpilz-Tortellini zu unterdrücken und die Vorstellung, wie sich ihr Eiweiß im Magen zersetzte. »Ghöred ihr derzue?«, fragte eine kurzhaarige Frau mit grüner Schürze, die den Kopf durch den Türspalt zu mir nach draußen streckte. Ich nickte. Ich dachte, sie wolle kondolieren. »Mir wei afah«, sagte sie und tippte auf ihre Plastikarmbanduhr: »Es isch Ziit.«

Joel kam angerannt, zog noch im Gehen die Faserpelzjacke der Stadtgärtnerei aus, um sie in den Rucksack zu stopfen. Schwarze Hose, weißes Hemd. Für einen kurzen Moment verhakten sich unsere trockenen Lippen. Ich zog ihn in die Kapelle, die nicht mehr als ein Anbau des Krematoriums war.

»Schön, bisch da«, sagte meine Mutter zu Joel. Blechpfeifen schossen aus dem Kasten, hinter dem die Frau mit der Schürze verschwand. Zügig begann das Orgelspiel. »Sie habe gedacht, sie sei nicht gläubig«, sagte der Pfarrer und deutete auf ein Foto von Opoe, das zwischen zwei Töpfen Lilien am Boden stand. Er triumphierte: »Aber alle glauben an etwas!«

Das neonweiße Deckenlicht spiegelte sich in den blank polierten Bodenfliesen wider und im Glas des Bilderrahmens. Ein altes Foto. Opoe lächelte. Ein Gesichtsausdruck, der nicht zu meinen Erinnerungen passen wollte. Ich versenkte den Blick im Saum meiner Jacke und spürte umso deutlicher, wie sich meine Bauchdecke spannte, als zerrten sie von allen Seiten. Die Leute hier, die wie ich »herzlich willkommen« waren. Der Pfarrer, dem seine Notizen herunterfielen und der scherzte, man müsse auch mal loslassen können, meine Schwester, die nichts zu empfinden schien, meine Mutter, die diese Abdankung organisiert hatte, Joel, der selbst hierher zu spät kommen musste, und vor allem Opoe, die Wien liebte, ohne je hingefahren zu sein, und die Oper, die sie nur aus dem Fernsehen kannte. 63 Jahre hatte sie in der Schweiz gelebt, ohne sich je dafür oder dagegen entschieden zu haben. All der Frust, den sie in sich reingefressen hatte, nur um eine Fassade aufrechtzuerhalten, nur um ihn im Totenbett doch noch auszukotzen. Auf mich. Im übertragenen Sinne und tatsächlich. Diese Trauerfeier war das Tüpfelchen auf dem i eines vergebenen Lebens. Der Deckel zum Töpfchen der Sinnlosigkeit. Meine Gedanken explodierten. Die Bauchmuskeln verkrampften, zerrten meinen Oberkörper nach unten. Ich schluchzte, schnappte nach Luft. Joel legte seine Hand auf meinen Rücken. Ich schüttelte sie ab. Er fragte durch die Reihen nach Taschentüchern, ich starrte zu Boden. Kämpfte gegen die Tränen. Ich wollte nicht, dass jemand sah, dass ich um dieses Leben weinte.

Es gab Pizza, es gab Wein. In einem Restaurant im ersten Obergeschoss eines Wohnblocks nebenan. Ich hörte das Plaudern der anderen. Ich hörte ihr Lachen. Ich wusch mein Gesicht und schaute durchs Toilettenfenster auf den Friedhof, über den sich die Nacht legte, als würde sich der abendliche Nebel verdichten. Ein einziger Satz war in meinen Gedanken hängen geblieben und zog in endlosen Schleifen seine Runden. »Sie hat mich angekotzt.« Er überdeckte alle anderen Erinnerungen, die es doch auch noch geben musste. Aber egal, wie sehr ich es versuchte, ich schaffte es nicht, den Nebel zu lichten, der sich tief in meine Knochen gefressen hatte.

Funkelnde Lichter umringten den Zürichsee
wie Sterne ein schwarzes Loch. Wir spazierten entlang des Ufers. Levin war größer als ich,
seine Schultern breiter. Er stellte Fragen, die
er nicht auszusprechen brauchte. Seine gelbbraunen Augen, von deren Ruhe ich meinen
Blick nicht abwenden konnte; seine dichten
Wimpern, die mich in Verlegenheit brachten,
obwohl oder gerade weil ich ihn erst seit einigen
Tagen, seit einer Wanderung mit Joel, kannte.

Ob man in der Lobby etwas trinken könne,
fragte er den Portier eines vom Ufer nach hinten gerückten Hotels, der uns die Türe öffnete. Ein quadratischer Saal, dessen Glaskup-
pel schwarze Marmorsäulen stützten. Warmes
gelbes Licht, das von vier kleinen und einem
großen Kronleuchter strahlte, ein Kellner, der
uns zunickte. Es war ruhig, weil keine Musik
die Stille störte, weil die Wände in Holz ge-
kleidet waren und ein dicker Samtteppich die
Geräusche schluckte. Es war ruhig, weil die

Salontische weit auseinander standen und der Kellner zu uns schwebte.

Ob er schon oft in solchen Hotels gewesen sei, fragte ich Levin nur wenig lauter als flüsternd. Einige Male, als Kind, mit seiner Familie, sagte er so laut oder leise, wie er immer sprach. Meiner Großmutter hätte es hier gut gefallen, sagte ich und erzählte von einem Ausflug nach Genf und dem Spaziergang rund ums dortige Seebecken. Wie Opoe aufgeblüht war, als wir uns ins »Bellevue« setzten und Tee und heiße Schokolade tranken! Wie die ganze Schwere des Alters von ihr abfiel, als sie sich in den tiefen Samtsessel fallen ließ, und wie sie ihr Portemonnaie aus der Handtasche auf das weiße Tischtuch legte und mit großer Geste ausrief: »Ich möchte Sie alle einladen. Jetzt nehmen Sie doch noch eine Süßigkeit!«

Levin hörte zu, strich im Rhythmus meiner Erzählung über die holzige Armlehne seines Fauteuils, richtete den Hemdkragen, der aus dem Pullover ragte, lachte: »Interessante Großmutter!«

Es waren dahingesagte Worte. Aber als ich zurück in Biel, der Stadt, in die ich nach Opoes Tod gezogen war, im Bett lag, musste ich an diesen einen Satz denken. Ich hätte meine Hände in Levins Rücken graben wollen, seine Worte hören, seine Lippen an meinem Ohr, ihn in mir spüren.

Acht Jahre war es her, dass ich mit einem Rucksack auf dem Rücken und einem Rollkoffer an der Hand zu Opoe nach Bern gezogen war. Ich überquerte den Hauptbahnhof, sah unter mir die Altstadt, die vor Hunderten von Jahren aus militärgrünem Sandstein gebaut worden war, und am Horizont zu einem Postkartenbild aufdrapiert die Alpen. Ein Bild, das ich aus dem flachen Norden der Schweiz, wo ich drei Stunden zuvor noch gelebt hatte, kaum kannte.

Bis mein erstes eigenes Zimmer frei sein würde, konnte ich bei Opoe unterkommen. Sie lehnte aus dem Fenster im fünften Stock. Von Weitem sah ich ihre weiße Fönfrisur und die himmelblaue Seidenbluse leuchten. Mit der einen Hand bewahrte sie die Sonnenbrille vor dem Fall, mit der anderen tätschelte sie die Luft: Ich solle warten, bis sie hinuntergestiegen sei. Ruß hatte die Sandsteinfassade hier schwarz verfärbt. Eine Polizistin regelte auf der Kreuzung vor dem Haus den Verkehr. Links, rechts, links, küsste mich Opoe auf die Wangen: »Schön, sind Sie da!«, sagte sie strahlend und mit ihrem starken holländischen Akzent, der ein Rauschen über die Worte legte. Sie siezte mich, wie sie es bei Floskeln häufig tat: »Entschuldigen Sie!« und »Kommen Sie wieder!« als hätte sie die Wendungen frisch aus dem Lehrbuch.

Ich zählte die Stufen, die ich vor ihr hochstieg, nicht wissend, was ich sagen sollte. Obwohl Opoe meine Großmutter war, kannte ich sie kaum. Max habe sich nicht gerne unter Leute begeben, sagte meine Mutter über ihren Vater, über Opoes Mann. Nur selten haben sie uns besucht. Nur selten sind wir zu ihnen nach Bern gefahren.

Als ich mich nach der 51. Stufe umdrehte, hatte sich Opoe auf die Fensterbank gesetzt. Sie drückte den Rücken durch und winkte mir, wie die Queen auf Staatsbesuch, über die Schulter zu. Ihre Perlenkette schimmerte. »Nur, um die Aussicht zu genießen«, wiegelte sie meinen besorgten Blick ab und zeigte auf die Alpen, die mit schwindender Gewissheit Ewiger Schnee bedeckte.

In den folgenden drei Wochen schlief ich auf der »*Cousch*«, wie sie das Bettsofa in einer Mischung aus Couch, kuschelig und Französisch nannte. Ich ging zur Arbeit, Opoe kochte und wir sahen fern. Aber wie es dazu kam, dass mich beim Abschied diese Gefühlsmischung durchströmte, die wie ein Gläschen Liqueur oder Portwein wohlig wärmte und zugleich stechend brannte, erschloss sich mir nicht.

Mein WG-Zimmer war frei geworden, und Opoe hielt mich in der Tür nochmals zurück: »Schön, waren Sie hier!«, sagte sie und fügte leise an, als ich mich bereits abgewendet hatte: »Kommen Sie wieder einmal vorbei, ja?«

Von Zeit zu Zeit rief meine Mutter an und erzählte von diesem und jenem, bevor sie den Bogen zu Opoe schlagen konnte: »Sie schwärmt so sehr von dir«, sagte sie dann: »Sie ist so allein. Magst du nicht mal wieder bei ihr vorbeischauen?«

Meine WG, die ich mit Katka, einer Physikstudentin aus Leipzig, teilte, lag nur wenige Fahrradminuten von Opoes Wohnung entfernt. Also fuhr ich hin, wegen meiner Mutter, wegen Opoe, weil es mein Selbstbild so wollte, und stieg die Treppe hoch, die Opoe Monat für Monat mehr von der Außenwelt trennte.

Nur ein Mal hatte sich Opoe von sich aus bei mir gemeldet. So meine Erinnerung. Ob sie mich zum Essen einladen dürfe, rief sie an, kurz vor meinem Geburtstag. Dass wir zusammen Hackbraten kochen könnten, schlug ich vor. Das handgeschriebene Rezept ihrer Mutter, und der Topf so schwarz, dass man ihn nicht mit einem Geschirrtuch, sondern nur im noch warmen Ofen trocknen durfte, war etwas von den wenigen Dingen, die ich bereits als Kind mit ihr verband. Sie zögerte. Sie möge nicht mehr kochen, sagte sie schließlich. Sie schmecke die Würze nicht mehr. Ob wir nicht ins Migros-Restaurant gehen könnten. Die Hackplätzchen dort, die Bärentatzen, die seien sehr *smakelijk* und mindestens genauso köstlich wie ihr Hackbraten, das könne sie versichern.

Sie griff nach einer der Gratiszeitungen, die am Ende der Rolltreppe bereitlagen, und legte sie mit Besteck und Serviette auf ein Tablett. Der Koch mit weißer Mütze und fettbespritzter Schürze begrüßte sie mit Namen: »Grüezi Frau Bergé! Wie immer?« Sie lächelte und wackelte mit dem Kopf, unklar ob zitternd, schüttelnd oder nickend. »Und Kräuterbutter daneben?«, fragte er und grub unter dem Spuckschutz den Löffel in die gesprenkelte Masse. »Nur keine Umstände«, sagte sie und meinte »Ja, der Kunde ist der König.«

Wir saßen uns gegenüber. Um uns herum Plastikpflanzen, weiße Tische und Rentner. »Schmeckt es dir?«, fragte sie. Ich nickte und dachte, dass sie hätte wissen müssen, dass ich keinen Knoblauch esse. Wir plauderten, aber worüber? Es gab einige Geschichten, die sie öfter erzählte; von der Kriegszeit in Holland, von ihrem Bruder, von einer Reise nach Mexiko und von einer nach Indonesien. Auf jeden Fall stellte sie keine Fragen, nicht an mich, nicht an sich, nicht an den Lauf des Lebens.

Die 144 Stufen zur Wohnung konnte sie bald nur noch einmal täglich bewältigen. Die Einkäufe teilte sie in zwei Taschen auf beide Arme auf und pausierte auf jedem Treppenabsatz. Um im Keller die Kleider zu waschen, setzte sie sich auf einem Mülleimer vor die Waschmaschine. Fünfundsiebzig Minuten lang schaute sie zu, wie das Wasser in die Trommel rauschte, der Schaum die Sicht auf die Kleider nahm und die Digitalanzeige in Sprüngen rückwärts zählte.

»Das geht doch so nicht mehr!«, sagte meine Mutter, »wir müssen dir ein Altersheim finden.« Opoe sprach vom Wetter oder ging auf den Balkon, um die Geranien zu gießen, zitternd, als ob nichts wäre: »Es geht doch!« Als hätte sie nicht das meiste Wasser daneben und in den Garten fünf Stockwerke weiter unten gegossen.

Sie traute sich nicht mehr, über den Badewannenrand zu steigen, wusch sich stattdessen mit einem Lappen und begann zu riechen.

»Kannst nicht du mal versuchen, mit ihr zu reden«, bat mich meine Mutter. »Es gibt auch Alterswohnungen«, sagte ich zu Opoe, »mit Lift! Modern.« Ich konnte sie zu Besichtigungen überreden. »Kleine Ausflüge!« Und bei einem Rohbau sagte sie schließlich zu. Die Fertigstellung würde noch einige Monate dauern. Und die Hochglanz-Bilder versprachen einen Holz-Beton-Komplex mit Bäckerei, Restaurant und modernen Alterswohnungen: nicht verstaubt, nicht nach Suppe, nicht nach Filterkaffee riechend.

Während wir ihre Kleider in Schachteln verpackten und die *Cousch* und den Perserteppich die Treppe hinunter trugen, schaute Opoe aus dem Fenster auf die gegenüberliegende Hauswand, die bis auf einen schmalen Streifen die Aussicht verdeckte. »Wie schön, sehen Sie das, Donat, dort am Horizont die Alpen?«

In der Altersresidenz, so bat sie uns das Heim zu nennen, schien sie nochmals aufzublühen. Sie stach heraus mit der Perlenkette und der hellblauen Seidenbluse, die sie immer bei Besuch trug, mit der Sonnenbrille auf der großen Nase, die im schmaler werdenden Gesicht Tag für Tag markanter wurde.

Sie saß im residenzeigenen Restaurant und hatte den Blick in der eierschalenweißen Tisch-

platte versenkt. Die Beine übereinanderge-
schlagen und die Hände dazwischengeklemmt,
richtete sie sich sogleich auf, als Joel und ich
hereintraten, hob die Arme über den Kopf mit
dieser für sie so typischen, jubilierenden Geste, lehnte sich vor, um mich dreimal zu küssen:
»Schön, kommen Sie vorbei«, sagte sie zu mir
und hatte bereits Joels Hand ergriffen, hielt sie
fest und tätschelte sie mit der anderen: »Oh,
wie mich das freut, Sie kennenzulernen.«

Erst kurz vorher, als wir bereits auf dem Weg
zu ihr waren, hatte ich telefonisch angekündigt,
dass ich vorbeikommen würde. »Mit meinem
Freund«, hatte ich nachgeschoben, und, um das
nicht als Grund im Raum stehen zu lassen, »wir
sind gerade in der Gegend.«

»Bestellt euch etwas zu trinken. Nehmt auch
ein *Zvieri*«, sagte Opoe, hob die zittrige Hand
und winkte der Kellnerin: »Fräulein Köhler!«

Sie stellte Fragen, was sie sonst nie tat: »Wo
sind Sie denn aufgewachsen, Joel? Hier in der
Region?« Sie hatte seinen Dialekt erkannt, was
mich überraschte, obwohl ich ja wusste, dass sie
bereits über 60 Jahre in der Schweiz gelebt hatte.
»Aarberg?« Da gefalle es ihr sehr gut, sagte sie,
die stattlichen Häuser rund um den Marktplatz,
die Eleganz des Städtchens, und das mitten auf
dem Land. »Und was machen Sie beruflich?«

Joel und Opoe saßen sich mit gestrecktem

Rücken gegenüber und ich krumm daneben, als würde ich vom Gewicht meiner Beine unter den Tisch gezogen. Er sei Biologe und Stadtgärtner, sagte Joel und fuhr fort, als Opoe ihn auffordernd anschaute, dass er Konzepte zu ökologischer Nachhaltigkeit für die Stadt erarbeite: Da gebe es noch viele blinde Flecken, so würde sie vielleicht die Vorteile von Mülltrennung kennen, aber dass die Mikroplastikkügelchen aus Kosmetikprodukten die Fische in der Aare töteten, sei beispielsweise weniger bekannt. Ich weiß nicht, wie viel Opoe von Joels Ausführungen verstand, aber sie nickte, lächelte und freute sich offensichtlich über etwas ganz anderes, etwas, das auch all die anderen Menschen anzog, die Joel auf offener Strasse und aus heiterem Himmel ansprachen, um ihn um dieses oder jenes zu bitten, nicht selten nur um ein offenes Ohr: Joel war immer mit voller Aufmerksamkeit da, wie er auch jetzt mit jeder Faser anwesend war, mühelos und trotzdem spürbar elektrisiert, von einer Energie, die alle seine Muskeln spannte und seinen Körper wie die Sehne eines Pfeilbogens aufrecht hielt.

Ich musste lächeln, ob der Selbstverständlichkeit, mit der sie sich begegneten und mit der Opoe hinnahm, dass ich ihr einen Mann an meiner Seite vorgestellt hatte. Ob sie von dieser Eiche gehört habe, die sie vor einigen Tagen in der Stadt gefällt hätten, fragte Joel. 300 Jahre alt sei sie gewesen und damit der zweitälteste Baum der Stadt. »Als dieser Baum das Licht der Welt erblickte«, sagte er, »stand er noch auf offenem Feld. Er erlebte Jahrzehnte später, wie Napoleon in die Stadt einmarschierte. Und jetzt, bevor er wegen Pilzen, die ihn von innen zersetzen, weichen musste, hatte er mitten in einer der meistbefahrenen Straßenkreuzungen der Stadt gestanden.« Opoe nickte, überlegte: Sie möge Bäume, sagte sie. Max habe immer gesagt, Bäume seien die schönsten Lebewesen, weil sie duldsam seien wie keine anderen.

Nach zwei Stunden verabschiedeten wir uns. Der Bus würde bald fahren, hatte ich eingeworfen, als ich ganz im Gegensatz zu den beiden anderen müde geworden war. Wir verließen die Residenz, und als ich durch die Glastür zurückschaute, sah ich, wie Opoe den Blick wieder in der Tischplatte versenkte, als ob wir nie da gewesen wären. Dass wir ihr nichts mitgebracht hatten, bereute ich. Nicht einmal Blumen, kein Kärtchen, nichts, das, wenn auch nur im Kleinen, etwas verändert hätte, nichts, das sie an unsere Gegenwart erinnerte, wenn sie das nächste Mal einsam sein würde.

Drei Jahre später fand man Opoe an der Haltestelle ebendieses Busses sitzen. Ein andermal allein an einem Tisch im Restaurant. Sie warte auf »Maman«, sagte sie dem Pflegemitarbeiter, der sie zurück aufs Zimmer begleitete. Sie trug die Seidenbluse, die Perlenkette und hatte das Haar frisch gekämmt. »Maman und Anthonis haben sich angemeldet«, sagte sie, auch zu mir, als ich mich nach dem Anruf aus dem Heim neben sie auf die *Cousch* setzte. »Aber Opoe«, sagte ich, »wie alt bist du jetzt? 92?« Sie nickte. »Da müsste deine Mutter doch nahezu 120 sein.« Sie runzelte die Stirn. »Und dein Bruder ist doch an dieser Grippe gestorben?« Sie presste die Lippen zusammen und schaute durch den glasigen Couchtisch auf den Boden, bis ich das Thema wechselte.

Opoe schrie und weinte, als wir sie aus ihrer Alterswohnung schoben. Meine Mutter hielt den Aufrichtgalgen fest, der nervös über dem Pflegebett baumelte. Im Pflegezimmer zwei Stockwerke weiter unten hatten wir zum letzten Mal ihren Perserteppich ausgelegt.

Ich schaute den Schneeflocken nach, die vor dem Fenster in den Schweinwerfern der Autos schmutzig-gelb leuchteten. Im Zimmer war es ruhig, als schluckte der Schnee auch hier die Geräusche.

Ich rückte den Stuhl an Opoes Bett, strich über ihre Hand, deren Haut dunkler war als meine; ein südlicher Einschlag, obwohl Holland im Norden liegt – vielleicht die See. Ihr Körper schien leicht, als würde er von Wasser getragen, oder vom Wolkenmeer, das Kissen und Decken bildeten. Opoe bewegte die Beine; ein schwaches Zucken. »Wie geht es dir?«, fragte ich, als sie die faltigen Lider hob, die Schlupfaugen, die sie immer hinter dunklen Sonnenbrillen verborgen hatte. Ihr Blick blieb vage, neblig, grau. Ein beißender Geruch nach angebratener Leber folgte, nach Eisen und Blut. Zähe Flüssigkeit rann aus ihrem Mundwinkel und spritzte, als sie es auch mit letzter Kraft nicht mehr zurückhalten konnte, über das Bett auf den Perserteppich und meine Kleider. Ich sprang zur Seite, drückte den Alarmknopf. Ich rannte ins Bad. Ich hielt Papierhandtücher unter den Wasserhahn, hörte das monotone Hupen der Alarmvorrichtung. Ich tupfte auf die Flecken auf meinem Pullover und meiner Hose. Eine Pflegerin lief an der Badezimmertür vorbei, rief nach Verstärkung. Fetzen von Papier blieben am

Pullover hängen, kugelten sich zu weißen Röll-
chen. Aus dem Zimmer waren Stimmen zu hören, laut und deutlich: »Oje, Frau Bergé. Ihnen
geht es gar nicht gut. Ganz ruhig. Wir sind ja
da. Tut es Ihnen weh, Frau Bergé? Sie Arme,
Frau Bergé. Wir beziehen das Bett einfach neu.
Machen Sie sich keine Sorgen.« Ich tupfte und
tupfte.

Als ich am nächsten Morgen mit Joel wieder-
kam, hatten sie ihr eine Rose in die gefalteten
Hände gelegt und den Kiefer mit einem Sei-
dentuch hochgebunden. Mit der Spannung der
Haut waren die Schlupfaugen gewichen.

Ich muss den Aluminiummasten unzählige Male übersehen haben, der an der Bieler Schiffländte in den Himmel ragt. Ein Analemma zeichne der Schatten dieser Sonnenuhr auf den Boden, lese ich auf der Tafel daneben. Mit weißer Farbe ist es davor auf den Boden gemalt: eine asymmetrische Acht.

Ich sage es vor mich hin, Analemma, gehe vorbei an Pfützen, die über Nacht gefrieren werden, und setze mich, als Wind und Kälte an Lippen und Nase nagen, schließlich doch in die »Barke«, das einzige Café am See.

Ob es sie wirklich nicht stören würde, dass ich hier seit Wochen fast täglich meinen Computer aufschlage, frage ich die Kellnerin, die auf die wenigen Gäste deutet, Rentner, die gedankenverloren in ihren Tassen rühren, Zeitung lesen oder mit dem Zuckerbeutel spielen. Sie schüttelt lächelnd den Kopf und bringt mir einen Tee, der Traumprinz heißt. Vor dem Fenster thront ein Dampfschiff, aufgebockt in der städtischen Werft, die nicht mehr als eine Betonrampe ins Wasser ist. Und wie sie von der Dämmerung verschluckt wird und sich das Licht auf den holzig warmen Innenraum und den matten Bildschirm vor mir begrenzt, beginnen sich zum ersten Mal seit Opoes Tod wieder Worte zu Sätzen zu verbinden und Bilder zu Geschichten. Das Analemma manifestiert sich in Buchstaben, und Erinnerungen ziehen in Bildern mit dem Atem durch Brust und Bauch, vorbei an Organen und Muskeln, die sich wie Organismen tief in einem See öffnen und schließen, um einige der Bilder festzuhalten und andere warm und farbig zurück an die Oberfläche strömen zu lassen: Levin im Hotel am Zürichsee und Opoe, die sich aus dem Ohrensessel erhebt.

Lautlos donnerte der Zug an der flachen Landschaft vorüber. Schwärme von Wildgänsen wurden aufgescheucht. Wir hatten die niederländische Grenze überquert und mussten erneut das Ticket zeigen. Die neue Schaffnerin sprach gebrochen Deutsch oder gebrochen Niederländisch. Weder noch oder beides.

Ich leerte den Inhalt der blauen Handtasche auf den Abteiltisch. Die Überbleibsel von Opoes Leben, die ich von Bern nach Biel und nun auf die Reise nach Holland mitgenommen hatte. Das meiste waren Briefe. Durchschläge von versandten Briefen und einige Originale, die sie nur für sich geschrieben zu haben schien. Ich suchte das Kinderfoto, das sie mir einmal aus dem Ohrensessel entgegengestreckt hatte. Der *Groene Wagen,* die Fuhrhalterei des Vaters, war an Pfingsten geschlossen geblieben. Eine Kutsche hatte die Familie an den Strand von Noordwijk gebracht. Das erste Mal, dass sie das Meer gesehen habe, sagte Opoe, streckte mir das Foto entgegen und ließ sich wieder in den federweichen Ohrensessel fallen, der zu niedrig war für die hochgewachsene Frau, deren Muskeln keine feinen Bewegungen mehr bewältigen konnten. »Ein prächtiges Schloss«, sagte sie und meinte das Sandschloss, auf dessen Thron sie, ein Mädchen mit dicken dunklen Zöpfen, in Rock und Bluse posierte.

Ich fand das Foto in einem Brief wieder, zu dem es offensichtlich gehörte. Jeder der Buchstaben einzeln gemalt. Holländisch, fast deutsch. Wie vertraut mir diese Sprache vorkam, die ich kaum kannte; wie vieles ich ohne nachzuschlagen verstand:

Liebe Wilhelmina,

ich bin jetzt in der 4. Klasse. Da haben wir Ihren Brief ans Volk gelesen. Vielen Dank! Ich finde, Sie haben ein sehr schönes Leben. Ich wünsche mir auch ein Pferd, dann werde ich es Baby nennen, wie Ihres. Ich hoffe, dass Sie oder der alte Peter ihm immer noch viel guten Hafer geben, auch wenn Sie längst ein neues großes haben. Ich muss Ihnen etwas erzählen. An Pfingsten sind mein Vater, meine Mutter, mein Bruder und ich an den Strand gefahren. Es war eine schwarze Kutsche, auch mit vier Pferden, aber sie war ohne die Korbbemalungen, die Ihre Kutsche hat. Am Strand hat mein Bruder gesagt, wir sollen das Zelt mit der Nummer Acht auswählen, weil die Acht unendlich sei. Sie müssen einfach der Linie nachfahren. Es hört nie auf. Das Zelt war da, damit meine Mutter im Schatten sitzen konnte. Sie hat nur die schwarzen Strümpfe ausgezogen, und wenn man schwarze Kleider anhat, dann brät einen die Sonne. Mein Vater und mein Bruder haben mir ein Schloss gebaut. Es hatte einen Thron in der Mitte. Da durfte ich mich draufsetzen und sie haben gefragt: »Wollen Sie einen Turm oder einen Graben, Eure Hoheit, Prinzessin der Niederlande?« Ich habe viele Türme bauen lassen, weil Ihr Schloss das auch hat. Wir haben in Noordwijk in einem Gasthaus geschlafen und am nächsten Morgen sind wir wieder an den Strand gegangen. Ich musste fest weinen, als wir zu meinem Schloss kamen. Alles war kaputt und überall waren Fußspuren. Mein Vater hat gesagt, das seien böse Männer gewesen. Sie haben in den Sand geschrieben: »Nieder mit der Monarchie!« Ich wünsche mir, dass diese Männer alle weggehen, in ein anderes Land! Ich will, dass Sie hier bleiben, für immer, so lange wie die Acht. Ich mag Sie sehr!

Ich grüße Sie hochachtungsvoll,
Ihre Zusanna

P.S. Wahrscheinlich kennen Sie mich nicht. Aber das macht nichts. Ich schicke Ihnen ein Bild von

*mir und meinem Sandschloss. Das kleine Bild von
Ihnen habe ich immer im Portemonnaie. So sind
Sie sowieso da.*

»Und was erhoffst du dir von dieser Reise?«,
fragte Joel auf einem Spaziergang am Rande
von Bern. Links und rechts von unserem Weg
winterlich kahle Felder.

Meine Mutter hatte angerufen: »Hallo Schatz,
wie geht es dir? Gefällt es dir in Biel?«, fragte
sie und begann, um die mütterliche Sorge zu
verdrängen, selber zu erzählen. Sie überlege
nach Holland zu fahren, Spurensuche, schließlich sei sie sich kaum bewusst, dass sie zur Hälfte Holländerin sei. »Ich komme mit«, rutschte
es mir heraus. Meine Mutter suchte überrascht
nach Worten. Mich überfiel Müdigkeit. Reisen
mit meiner Mutter, 24 Stunden meine Gemüts-
lage rechtfertigen, zusammen Abendessen,
nach Gesprächsthemen suchen, schließlich sie
ausfragen, damit es nicht umgekehrt geschah.
Und trotzdem wusste ich: Ich musste da mit.

Ich sagte es manchmal im Scherz: »Ich bin
Ausländer.« Ich fand das lustig. »Nein, wirklich! Ein Viertel Holländer«, sagte ich dann,
gerade so sehr, um mich selbst wie mein Gegenüber zu überzeugen.

»Was weißt du eigentlich von Opoes Vergan-
genheit?«, fragte ich, um die Stille zu überbrü-

cken. Meine Mutter zögerte, sagte, als hätte die kurze Pause gereicht, um Opoes ganzes Leben Revue passieren zu lassen: »Ich habe sie nie wirklich kennengelernt.«

Joel ging schweigend neben mir her. Ich hielt seine Hand, oder vielmehr seinen leeren Handschuh, in dem er die kalten Finger zur Faust geballt hatte. »Können wir hier quer rüber?«, fragte ich und zeigte auf einen Acker, den eine hauchdünne Eisschicht bedeckte. »Das würde so schön knistern.«

Bei einem Besuch hatte mir Opoe einmal einen Brief ihrer Cousine Jopi gezeigt, eine der letzten näheren Verwandten. Sie sei ins Altersheim gezogen, hatte Jopi geschrieben und Opoe sagte: »Wissen Sie, die Holländer sind *en gezellig volk*. In *Dort*, da wäre ich auch längst in ein Altersheim gezogen.« *Dort*, wie sie ihre Geburtsstadt Dordrecht nannte.

Es waren nicht die Fakten, die mich an ihrem Leben interessierten, der Stammbaum, die Hausnummer, die Jahreszahlen. Joel hatte die Finger wieder ausgestreckt, um meine Hand zu drücken. »Vielleicht herausfinden, wer sie war?«, antwortete ich schließlich. »Und was das mit mir zu tun hat?«

Ein Güterzug kreuzte meinen ICE. Durch die Lücken zwischen den Güterwaggons zeigte sich die weite Landschaft ruckelnd wie ein Daumenkino. Ich saß alleine im Abteil mit den blauen Kissen. Das hatte ich in Biel am Schreibtisch entschieden. Die Reise mit meiner Mutter, das wäre eine andere Geschichte geworden.

Am Bahnhof in *Dort* wartete Han, der Sohn von Opoes bester Freundin. Ein hagerer und feingliedriger Mann im Alter meiner Mutter, der letzte holländische Bekannte Opoes, von dem ich wusste.

Han musste mich erkannt haben, wie ich mit der Handtasche über der Schulter und einer Reisetasche in der Hand den Bahnsteig hoch- und runterschaute. »Donat?«, fragte Han schüchtern und begann trotzdem gleich zu erzählen, als ich ihm die Hand entgegenstreckte: Da drüben habe er, um die Kälte auszuhalten, drei Muffins gegessen. Er liebe Süßes, was man ihm nur deswegen kaum ansehe, weil er nicht stillsitzen könne und manchmal zu essen vergesse; am liebsten möge er aber die französische Küche, den Käse, den Rotwein. In seinem Auto rutschten wir über die Straßen. Schneien, das tue es hier sonst nie, in dieser Kleinstadt, umspült vom Rhein, der wenige Kilometer weiter in die Nordsee ströme. *Gezellig,* sei *Tante Zusi* gewesen, sagte er, als ich durchblicken ließ, wie sie sich gegen den Umzug in ein Altersheim gewehrt hatte. »Fröhlich, ich kannte sie nur fröhlich«, sagte Han.

Wir saßen in seinem Wohnzimmer, tranken Rotwein, aßen Käse und blickten durch ein schaufenstergroßes Fenster über die Quartierstraße in die anderen warm erleuchteten Wohnzimmer. Das sei holländisch, *gemoedelijk*, befand er, hätte auch Opoe befunden, dachte ich mir. Han servierte Tee. Schwarztee. Eine eigene Kanne hatte Opoe dafür. Eine gusseiserne Kanne, die sie nur ausspülte und nie mit Spülmittel auswusch, weil sie nur und ausschließlich Schwarztee fassen würde. Zum Frühstück, nach dem Mittagessen, zum Zvieri und vor dem Einschlafen: *een kopje thee*. Und sobald es aus der schwarzen Kanne dampfte, breitete sich ein Hauch englischer Aristokratie aus; in der eigenen Wohnung, in der Alterswohnung und im Pflegezimmer. Sie saß im Ohrensessel, schlug die Beine übereinander und führte schaukelnd und mit abgespreiztem Finger das Teeglas zum Mund.

»Das macht man so in Holland«, sagte Han, »keine Vorhänge – außer eine Straße weiter, ein Kroate, der hält die Jalousien immer geschlossen.« Und wie Han von Thema zu Thema sprang, sprang er abrupt vom Sofa auf und räumte das altrosa Tee-Set Stück für Stück von der Kommode, die in der Ecke des Wohnzimmers stand. »Am Sonntag gingen Tante Zusi, meine Mutter und ihre Mütter zum *Thé Dansant* ins Hotel Engels«, erzählte er.

Ein Hotel im Stil eines bürgerlichen Landsitzes, das noch immer am Ufer des breitesten Rheinarmes Dordrechts stand. Ein Hotel, das bei uns Bellevue heißen würde, mit den weißen Liegen auf der Veranda, die von gravierten Glasscheiben begrenzt wurde, und von der man auf das gegenüberliegende Ufer, nach *Zwijndrecht*, blicken konnte. Im Innern ein Foyer und ein Saal mit hohen Decken, Kronleuchtern und einem Parkettboden, über den Opoe in den Armen junger Männer glitt, am liebsten zu Wiener Walzer, wie ihn die noblen Leute in der Kaiserstadt noch heute tanzten – an Silvester sogar auf den Straßen, wie Opoe schwärmen konnte.

Mit ihrer Mutter saß sie auf den plüschbezogenen Holzstühlen an der Wand des Saales. Ihre Mutter, die unter dem schwarzen, ausladenden Hut hervor ein Auge auf die Herren warf, die höflich grüßten und sie um Opoes Gesellschaft für den nächsten Tanz baten und Opoe die Hand erst reichten, wenn die Mutter es mit einem seitlichen Nicken abgesegnet hatte.

»Jugendstil«, sagte Han und deutete auf die bauchige Teekanne, die er zuletzt wegstellte.

Er klappte den Deckel der Kommode hoch, drehte eine gusseiserne Kurbel, die zum Vorschein kam, und versetzte den im Möbel verborgenen Plattenspieler in Bewegung. Als er das Tante Zusi bei ihrem letzten Besuch vor einigen Jahren gezeigt habe, erzählte er, habe sie gestrahlt. Ob er denn auch eine Platte von La Esterella habe, fragte sie, und klar, hatte er!

Zuerst hörte man nur die Mechanik surren. Dann eine Big Band, die sich durch das Knistern der Lautsprecher bahnte. Und mit den Bläsern, die einsetzten, sprang Opoe auf, so gut sie das mit ihren alten Knochen konnte, hob ihre Arme und begann zu tanzen. Zuerst allein, die Hände gestikulierend, als ob sie ein Orchester dirigieren würde, und mit schiefgelegtem Kopf die Melodie mitsummend, wenn sie den Text nicht kannte. »Han, kommen Sie, lassen Sie uns tanzen!« Und Han, hager wie er war und auch schon grauhaarig, schob Tisch und Teppich zur Seite, und sie tanzten über das Parkett, nicht wild, wie zwei frisch Vermählte, aber doch mit sicheren, sorgfältigen Schritten und dezentem Schwung aus der Hüfte. »Ein wirklich lebensfroher Mensch«, sagte Han.

Eine Fähre brachte mich zur Ortschaft, deren Name sich wie »Schweinerecht« anhörte. Wir kreuzten einen Tanker, der weit aus dem

Wasser ragte, vermutlich leer und bereit für eine tonnenschwere Ladung auf dem Weg nach Rotterdam. *Zwijn* heiße »Schwein«, stand im Diktionär, habe aber früher »eine nur bei Flut unter Wasser stehende Rinne« bezeichnet. Das passte zum Rheinarm, der wohl erst mit dem Bau der Deiche tief und breit geworden war.

Ich war unterwegs zu einer Adresse, die ich auf der Todesanzeige von Opoes Bruder gefunden hatte: *Die Trauerfamilie – Jelle van Leeuwen, 134 Maasboulevard, Zwijndrecht.* Die schwarz gerahmte Anzeige war fast 50 Jahre alt; ob er da noch wohnte, wusste ich nicht, sein Name stand in keinem Telefonbuch und auch Han hatte es mir nicht sagen können: Jelle, Opoes Neffe, das sei ein Einzelgänger gewesen.

Zwijndrecht war eine Stadt, oder war es ein Dorf? Eine eigene Gemeinde, ohne Kern, ohne Zentrum, aber mit lauter kleinen Einheitshäuschen. Nachkriegszeit. Der *Maasboulevard* lag von der Anlegestelle her gesehen am anderen Ende der Ortschaft. Ich ging zu Fuß, weil kaum Busse fuhren, und wähnte mich in Amerika, als die Straße nicht enden wollte, nur Auto um Auto an mir vorüberfuhr und mir kein einziger Mensch begegnete. Die Siedlung von Jelle war einstöckig wie alle vorherigen Siedlungen, aber die Backsteine hier waren unverputzt. Ich zählte die Häuser ab und folgerte, dass es das letzte vor der Ecke sein müsste. Im letzten Moment lief ich vorbei, kehrte um und passierte es ein zweites Mal, las im Vorbeigehen auf dem Briefkasten den Namen, und noch bevor ich klingeln konnte, hatte eine Frau die Türe geöffnet. »Kann ich helfen?«, fragte sie mehr abweisend als hilfsbereit. Ihr weißes Haar war dicht, lang und gelb gebrochen. Zierlich war sie – außer ihr stechender Blick. Dass ich der Enkel von Opoe sei, von Zusanna Bergé, von Zusanna van Leeuwen, sagte ich. »So?« Beiger Teppich bespannte den Boden im Flur, Schuhe lagen wild verstreut unter der Treppe in den oberen Stock. Die Frau bat mich herein. Achtlos liegen gelassene Jacken und Pullover auf einem Stuhl hinter der Tür. »Dein Großneffe ist hier«, rief sie nach ihrem Mann: »Komm runter, zieh dir was Sauberes an!« Sie bot mir Kaffee aus einer vergilbten Thermoskanne an und stellte Kekse auf den Couchtisch. Ein Mann ohne Hals und mit flatternden Ohren trat ins Wohnzimmer. Oberhalb des ärmellosen Unterleibchens schimmerten borstige Brusthaare durch ein weißes Hemd. Die Hände hatte er in die Hosentaschen gesteckt. Er musterte mich von oben bis unten. »Der Enkel?«, fragte er, und ließ sich mir schräg gegenüber in den Sessel fallen. Er werde das Opoes Mutter, er werde das Opoe niemals verzeihen, sagte er. »Nie, nie, nie«, klopfte er mit dem Zeigefinger auf den Tisch und ließ heraus, was er seit Jahren zurückgehalten hatte: »Deine Mutter haben sie einfach hier gelassen. Einen Säugling. Und ich, damals acht, musste ihr die Windeln wechseln und den Hintern abwischen, weil Grossmutter das ganz bestimmt nie gemacht hätte. In eurem Blumenladen in der Schweiz, da wollte Zusi keine Kinder haben. Im *Idealist*, da konnte sie keine Rotzgöre gebrauchen. Aber wir wollten eine! Ja, bitte: ein weiteres Kind! Jelle kann sich ja darum kümmern. Dafür ist er groß genug, ganz im Gegensatz zum Programmheft, um das ich deine Urgroßmutter gebeten habe, als sie zu deiner Großmutter nach Davos fuhr. Ob sie mir nicht das Programmheft vom Zirkus Knie mitbringen könne, der genau dann dort gastierte, mit Siri, einem jungen Elefanten auf einem Seil. Das gab es nirgendwo: Siri lief über ein Seil. Stell dir das vor: ein Elefant auf einem Seil! DIE große Nummer, legendär.« Jelle sprang auf und durchsuchte neben dem Fernsehgerät die Regale der Wohnwand. »Ich hab's hier auf Film«, streckte er mir eine Videokassette entgegen: »*Best-Of Knie* – Siri auf dem Seil!«, gestikulierte er mit den Armen: »*Fenomenaal*! Die Schweiz, das Zirkusland! Aber deine Urgroßmutter«, lehnte er sich vor, als er sich wieder auf den Sessel hatte fallen lassen, »für mich war ihr selbst ein Programmheft zu schade! Mit Siri und mit Khan, dem Tiger, der auf dem Rücken von Siris Mutter ritt. Alle wussten das: Zirkus, das ist mein Leben, das war meine Welt! Aber deine Urgroßmutter kam zurück und sagte erst, als ich sie danach fragte, ›tut mir Leid, Honigbär, das Heft war zu teuer.‹ Ein Programmheft! Nicht mal gefragt hat sie!« Jelle lachte, dass seine Fettpolster schaukelten, hielt seinen Zeigefinger vor mein Gesicht und forderte meine Aufmerksamkeit zurück: »Zu teuer! Dass ich nicht lache. Ich sag dir eines: Sie hatte ein Loch in der Hand! Ihre Nase – die kennst du, ja, die kennst du.« Er schaute meine an, die ihre war: »Jüdinnen waren sie, deine Ur-großmutter, deine Großmutter. Jüdinnen mit Löchern in den Händen, durch die das Geld wie Sand durch Siebe fiel. Wir sparten es uns vom Munde ab, und sie gaben es in großen Gesten aus. Weißt du, was deine Urgroßmutter tat, als sie auf der Strasse von einer Frau auf ihren ex-travaganten Hut angesprochen wurde: Sie hat ihr auch einen gekauft. Auf der Stelle. Einen Luxus-Hut. Haute-Couture. Vom besten Hut-macher der Stadt! So war sie. Großvaters Geld verschleudert, das nicht mal ihres war. Schon kurz nach seinem Tod hatte sie alles ausgege-ben. Wir mussten das Haus verkaufen, und für das eigene *Koffiehuis* Miete bezahlen. Ich musste schon als Kind im *Koffiehuis* mitarbeiten. Und was machst du? Herumreisen, schreiben? Ja, das dachte ich mir bei deiner Brille. Mein Vater hätte Pianist werden können, aber wegen deiner Urgroßmutter und deiner Großmutter musste er mit Duckmäusern Geld verdienen. Ja, wegen deinen Jüdinnen!«

Eine Leere hatte sich in mir ausgebreitet, ein zehrendes Vakuum, als hätte ich die Nacht durchgefeiert und alle Lebensgeister ausgeschüttet. Ich ertastete die Matratze, die kalt war, weil Levin nicht auf ihr gelegen hatte. Ich öffnete die Augen und schloss sie wieder. Der weiße Himmel blendete ins Zimmer. Ich versuchte Levin zurückzubeschwören, die gelbbraunen Augen und seine Zuversicht, die ich beim Abschied in Zürich, die ich vor dem Einschlafen, die ich eben gerade noch gespürt hatte. Dann dachte ich: Es ist zu einfach, viel zu einfach. Levin fotografiert, Levin ist Künstler, Levin ist, was ich werden wollte. Ich rief Joel an. Fahrtwind knatterte im Lautsprecher. »Hattest du einen schönen Abend?«, fragte er auf dem Fahrrad unterwegs von einem Termin zum nächsten. »Ja«, sagte ich nach einigem Zögern, darum bemüht, meine Stimme nicht ins Weinerliche kippen zu lassen. Er lachte wissend, aber entspannt. Ich sah ihn vor mir, wie sich mit dem Lachen an den Außenseiten seiner Augen die Haut zu kleinen Fältchen zusammenschob. Die einzigen in seinem glatten, fast haarlosen Gesicht. »Und, ist was gelaufen?«, fragte er. Ich stellte mir vor, wie er, um das Telefon zu halten, freihändig fuhr, mit aufrechtem Rücken. Ich druckste herum. »Nein, nicht direkt. Aber ich hätte es mir … vielleicht … Ich hätte es mir gewünscht. Ich wünsche es mir noch immer.« Der körnige Wandverputz kratzte durchs T-Shirt am Rücken. »Ich kenne das nicht. Das mit dir ist meine erste längere Beziehung«, sagte ich, und wieder lachte Joel, freundlich, nicht böse. »Du musst dich nicht rechtfertigen. Du weißt, dass ich glaube, dass man mehr als einen Menschen lieben kann.«

»Zu schnell! Achtung Radar! Links abbiegen!«, rief das Navigationsgerät. Ich raste mit einem Auto durch das flache Holland, das, ginge es nach der Natur und gäbe es keine Deiche, zum Meer gehörte. Jelles Worte hallten in meinen Ohren. Ich hatte mir Mühe gegeben, höflich zu bleiben, mich bedankt, als wir uns einigermaßen freundlich verabschiedet hatten. Aber er musste mir die Verunsicherung angesehen haben: »Ja, du auch – bei den Juden vererben es die Mütter. Zeig mal deine Hände!«, hatte er gelacht.

Ich suchte nach Hinweisen in meinen Erinnerungen. Es hätte sein können. Die auffällige Distanz zu Kirchen und das außerordentlich starke Kriegstrauma, die Erzählung vom Bruder, den sie verstecken mussten, und die Abneigung gegen Deutschland, die sich bis zu ihrem Tod hielt.

Im hohen Bogen schwang sich die Autobahn über den Hafen von Rotterdam; rostige Container und farbige Kräne, Schiffe und Masten. Ich war unterwegs zu Tante Jopi, der dritten noch lebenden, holländischen Verwandten, die ich hatte ausfindig machen können.

Sie sei in ein Altersheim in *Ouddorp* gezogen, hatte sie damals in dem Brief geschrieben, den mir Opoe gezeigt und den ich mit all den anderen Briefen in einer Schublade des Sekretärs wiedergefunden hatte. *Ouddorp*: ein altes Dorf, das ganz neu war. Symmetrisch gemusterte Pflastersteine und flache Neubauten irgendwo in die Fläche gekleckst.

Ein Dorf der Alten, scherzte die betagte Frau, die mir die Türe öffnete. Mit zittriger Hand nahm sie den verklebten Suppenteller vom Couchtisch und stellte statt seiner eine geblümte Porzellanplatte mit *Stroopwafels* hin. Zuckersüße Kekse, die Opoe zwei, drei Mal aus Holland mitgebracht und die ich mir als Kind im Reformhaus erbettelt hatte: »Holländische Honigwaffeln«, nannten sie meine Schwester und ich, obwohl sie nicht Honig, sondern Zuckersirup enthielten. In einer Ecke von Tante Jopis Seniorenwohnung stapelten sich Umzugskisten. Dass sie bald in die Pflegeabteilung ziehen würde, sagte sie entschuldigend. Das Kochen, das Aufräumen, das Geschirrspülen sei ihr zu viel geworden.

Mit Tränen habe Opoe den Schritt ins Altersheim bekämpft, sagte ich und erzählte, wie sie erst eingewilligt habe, als wir ein modernes, luxuriöses Heim gefunden hätten.

Tante Jopi schaute aus dem Fenster, als würde sie die Erinnerungen in der grauen Nebelwand finden, die die Sicht auf den Pflegetrakt verdeckte. Zusi sei schon immer *royaal* gewesen, lachte sie schließlich: »Einmal hatte sie einen Baron als Freund, aber sie war überzeugt, sie würde noch einen Besseren finden. Und wenn sie aus der Schweiz anreiste, dann immer mit Koffern voller Geschenke, so schwer, dass sie sie alleine nicht tragen konnte.«

Noch auf dem Bahnsteig begann Opoe, die Geschenke an ihre Bekannten zu verteilen, die sie abholen gekommen waren: Luxus für alle! Eine Handcreme von Vichy, Calida-Seidenpyjamas, ein Sackmesser für die Männer, eine Toblerone für jeden, eine Plakette vom Bärengraben – alles in schwarzes Papier gepackt und mit einer Klebeetikette vom Warenhaus mit den vier gelben Buchstaben versehen. Gelb, das damals noch Gold bedeutete, als ein Warenhaus nicht günstig, sondern ein Versprechen von Glamour war.

»*Royaal*, wie ihre Mutter«, sagte Tante Jopi lächelnd. Was sich nach königlich anhörte, hieß großzügig, übersetzte mir der Diktionär. Aber die Bedeutung, die Tante Jopi wohl meinte, erlangte *royaal* erst, wenn man es mit *leven* kombinierte. Ein *royaal leven* – ein Leben auf zu großem Fuß. Aber jüdisch, nein, davon wisse sie nichts.

Mit weit aufgerissenen Augen, mit erschrecktem, wenn nicht gar bösem Blick schaute Maman in die Welt. Ein gerahmtes Bild auf der Kommode in Opoes Schlafzimmer. In voller Größe war ihre Mutter darauf abgelichtet; schwarze Schuhe, Strümpfe, ein hochgeschlossenes Kleid und unter straff nach hinten gebundenen Haaren dieser ernste Blick. Man dürfe sich davon nicht täuschen lassen, erklärte mir Levin, als ich ihm ein Handybild davon schickte. Daguerreotypien, wie das Foto eine sei, verlangten lange Belichtungszeiten, während derer die Porträtierten die Augen aufgesperrt halten mussten.

Auf Mamans Hand saß ein grauer Papagei mit rot eingefärbtem Schnabel, den sie immer nachmittags auf den *Vrieseplein* flattern ließ, wo er sich in die große Eiche setzte, vor sich hin plapperte oder »*Goedemorgen prettige frou*« krächzte, wenn man ihn grüßte. Bis Maman pfiff – nicht laut, wie es die Jungen an der *Elfstedentocht* taten, dem größten Eislaufrennen Hollands, nein, singend, wie Vögel es verstehen, und so, dass er in die goldene Voliere im Salon des Hauses zurückgeflogen kam.

Über Opoes Mutter kursierte so manche Geschichte in der kleinen Kleinstadt. Dass die *Mevrouw Van Leeuwen* gerade in dem Moment nach Hause gekommen sei, als die Haushälterin die Küche habe putzen wollen, erzählte man sich. Die Hände habe sie verworfen, als sie die hochgestellten Stühle gesehen habe: »Wie ungemütlich! Lassen sie uns lieber zusammen Kuchen essen!« Und bevor die Haushälterin die Contenance wiedergefunden hatte, hatte sich Maman vom Fräulein vom Amt mit dem besten Bäcker der Stadt verbinden lassen: »*Mag ik en hazelnoottaart hebben?*«

Als 1940 die Widerstandskämpfer die Zugbrücke hochzogen und den *Vrieseplein* von der Innenstadt abschnitten, sahen Maman und Opoe davon nichts. Sie saßen im Keller und versuchten sich mit *Dammen* abzulenken, spielten Runde um Runde das Brettspiel und warteten auf die Nacht, um Anthonis Essen in sein Versteck unter dem Küchenboden zu reichen. Nur die Schüsse, die die Widerstandskämpfer über die halb gesenkte Zugbrücke auf die Panzer feuerten, ließen sich nicht überhören. Immer war es bereits zu spät, sich die Ohren zuzuhalten, und wenn es einmal gereicht hatte, nützte es doch nichts, weil die Wände zitterten, dass der Kalk von der Decke bröckelte.

Die Angst und die Ungerechtigkeit ließen Opoe erzittern, dass sie die Suppe nicht mehr löffeln, dass sie die Teetasse nicht mehr heben konnte. Wie sie gehungert hätten, erzählte sie, und wie sie mit dem Fahrrad Kartoffeln holen musste, bei einem bekannten Bauern auf dem Schwarzmarkt, weil es für Holländer kaum mehr Essen gab. In einer Stofftasche in ihrem Fahrradkorb versteckte sie die dreckigen Knollen, schwitzte und verlor fast das Gleichgewicht, als sie am Rande der Stadt die Kontrollen passieren musste, die Nationalsozialisten, die sie anhielten und auf Deutsch fragten, woher sie komme, wohin sie fahre.

Opoe erzählte »vom Krieg« und konnte danach nicht mehr schlafen. Die Leichen, die im Stadtpark gelegen hätten, die Angst um ihren Bruder Anthonis, den alle haben wollten – die Deutschen genauso wie die Widerstandskämpfer. Albträume plagten sie danach, und trotzdem erzählte sie die gleichen Geschichten immer wieder, schaute im Fernsehen jede Dokumentation zum Zweiten Weltkrieg und hörte auch unter Tränen nicht auf zu erzählen, wie die Leichen im Park gelegen hätten, wie alle ihren Bruder haben wollten.

Sie sagte »Krieg« und meinte die ganzen Jahre der Besatzung und insbesondere den *Hongerwinter,* der vor der verzögerten Befreiung durch die Alliierten erfolgte. Die tatsächlichen Gefechte dauerten in Dordrecht vier Tage.

Vier Tage, die Opoe mit ihrer Mutter im Keller ausharren musste. Viele Monate mehr, die sie Anthonis versteckt hielten, weil an einem Tag die Nazis und am anderen die Widerstandskämpfer an die Türe klopften. Aber nur vier Tage, bis sie Bläser und Tamburen aufspielen hörten und sich wieder in die Wohnung hoch trauten.

Hinter dem Vorhang hervor schaute Opoe auf den *Vrieseplein*: die verkohlte Eiche in der Mitte des Platzes, die zerfetzten Sandsäcke und wenige Tage später zwei lange Boote auf der Gracht, randvoll mit Widerstandskämpfern, die weiße Stofffetzen über ihre Köpfe hielten, während sie ins Ungewisse verfrachtet wurden, und denen wenige Wochen später die Nachbarsfamilie folgen musste – die gleichaltrige Spielgefährtin, die mit den Eltern vor Opoes Augen mit je einem Koffer an die Brust gedrückt auf einen schmutzigen Viehwagen verladen wurde.

Es war dunkel, weil Berlin keine blinkende, sondern eine windige Großstadt war, und trotzdem so hell, dass ich keine Sterne sah. Ich rannte.

Ich rannte, weil ich nicht noch einmal mit Levin gleichzeitig ins Bett gehen wollte, nicht noch einmal neben ihm liegen, ohne einschlafen zu können, nicht noch einmal seinen Atem hören und hoffen, dass er vielleicht doch auch auf meinen hörte.

An eine Säule gelehnt hatte er am Frankfurter Tor auf mich gewartet. Wir umarmten uns. Wir gingen zu ihm nach Hause. Eine kleine Altbauwohnung mit hohen Fenstern und hohen Decken, mit Espressokocher in der Küche und Drähten an den Wänden, an denen Schwarz-Weiß-Fotografien hingen. Im fliessenden Wechsel erzählte er von sich und ich von mir und ich weiß nicht, ob wir uns auch hörten oder sich jeder nur über die Bühne freute. Aber wir freuten uns – auch er, das sah ich, wie seine gelbbraunen Augen ganz bei mir waren, sich unsere Blicke von Zeit zu Zeit fixierten und wie er ungezwungen lachte, Kopf und Oberkörper zur Seite gewandt, und den Raum mit tiefer Entspanntheit füllte.

Er habe das Bett frisch bezogen, sagte er. Eine Decke, ob das für mich in Ordnung sei, fragte er, oder ob ich eine zweite bräuchte? Wir krochen lachend darunter. Er fuhr mir durch die Haare und über die Nase bis zu den Lippen. Ich spielte mit seinen Ohren, dünn wie Krepppapier. Wir küssten uns, zuerst sanft und bald gierig, bis er plötzlich die Arme um mich schlang, sodass wir nicht mehr küssen, sodass ich nicht weiter nach unten rutschen konnte.

Er habe plötzlich nicht mehr gewusst, wem dieser andere Körper gehöre, erklärte er am nächsten Morgen. Wir überquerten die Karl-Marx-Allee, nachdem wir lange geschwiegen hatten. Er habe nicht mehr gewusst, wer das sei in seinen Armen, sagte er, als wir vor der anrollenden Blechlawine flüchteten. Sein Freund, der in einer anderen Stadt, in einem anderen Land lebte, oder ich, der doch Joel habe.

Deutschlandfahnen hingen hinter vielen der Hunderten oder Tausenden aneinandergereihten Fenstern Lichtenbergs. Im Erdgeschoss eines ausgehöhlten Fabrikgebäudes wohnten Leute. »Irgendwie macht mich das alles traurig hier«, sagte ich. »Die Umgebung oder unsere Geschichte?«, fragte Levin. »Dieser Handel mit Exklusivität, ich verstehe das nicht«, sagte ich. »Sich berühren ist ok, sich gern haben auch, beieinander schlafen, das geht, aber miteinander, das nicht. Warum ist ›Ich liebe dich!‹ nur dem Menschen, mit dem man schläft, vorbehalten? Führen nicht alle Freunde, Bekannte, Familie, alle, die sich gerne haben, eine Beziehung?« Wir passierten das Lichtenberger Gerichtsgebäude. Das Holzportal war schwarz verkohlt. Levin schüttelte den Kopf: »Man kann die Welt nicht einfach so zurechtbiegen, wie man sie gerne hätte.« Ich kämpfte gegen den Kloß im Hals. Er versuchte, das Thema zu wechseln. Ich griff ihn an, wo ich konnte, sagte »aber«, zu allem, was er sagte, »aber«, und als ich es nicht mehr zurückhalten konnte, ich müsse gehen, ich müsse etwas erledigen, bis am Abend!

Ich rannte über gepflasterte Gehsteige, vorbei an Restaurants mit hochgestellten Stühlen. Ich sah keine Menschen, nur solche mit Hunden. Ich rannte, ich sprang hoch und runter, schüttelte mich und versuchte, die Schwere in meinem Brustkorb los zu werden. Öffnete mit dem Schlüssel, den er unter die Fußmatte gelegt hatte, die Tür, leuchtete mit dem Handy den Weg durch sein Zimmer und legte mich vorsichtig neben ihn. Aber er war aufgewacht, drehte sich zu mir und strich mir durch die Haare und über die Brust. Ich küsste seine Hand und legte sie zurück auf seinen Bauch. »Es ist okay für mich, wenn wir nur nebeneinander schlafen«, flüsterte ich und wartete, bis ich am Rhythmus seines Atems den wirklichen Schlaf erkennen konnte, fasste in meine Unterhose und ließ ihn ein letztes Mal meine Gedanken beherrschen, stellte mir vor, wie ich seinen Kopf ins Kissen presste und seine Boxershorts herunterzerrte, um in ihn zu drängen, ihn in die Matratze zu knallen, bis ich ihn vor Schmerz und Lust stöhnen hörte und ich mich feucht und warm in meine Hand erlöste.

»Nicht mal zur Beerdigung ihres eigenen Bruders ist sie gekommen, ihr Fleisch und Blut!«, hatte Jelle geschrien: »Er hat sie vermisst. Er hat im Sterbebett halluziniert und trotzdem ständig nach ihr gefragt: Wo ist Zusi? Wann kommt Zusi? Ich habe ihm eine Rose gebracht und gesagt, die sei von ihr. Sie werde bald kommen! Ich brachte es nicht übers Herz, ihm zu sagen, dass sie nicht einmal angerufen hatte. Eine gewöhnliche Rose, von der er wollte, dass ich sie auf die Fensterbank in sein Blickfeld stellte. Er hat die Augen nicht von ihr abgewandt, gewartet, gekämpft, alle Kraft aufgeboten, um seine Schwester noch einmal küssen zu können, ihre Hand zu halten. Sie wird kommen. Bestimmt.«

Opoe erzählte oft von ihrem Bruder, von Jelles Vater. Ein fabelhafter Klavierspieler sei er gewesen, sagte sie. Stunden habe sie ihm zuhören können. Ein echter Künstler, ein großer Pianist! Wäre nur der Krieg nicht gewesen, und wäre er nicht so jung gestorben. Viel zu früh. Und so plötzlich sei es passiert, sagte sie dann und schwieg in Gedanken versunken und weil es nicht der Grund war, weshalb sie nicht zu ihm gefahren war.

»Weil jemand stirbt, nach Holland fahren?«, fragte Max. Das sei aber wirklich nicht nötig: »Wer schaut dann nach Antonia? Außerdem wärst du zu spät dort. Überhaupt, die Zugfahrt, das ist viel zu teuer. Tod ist Tod und du lebst jetzt hier. Deine Heimat ist hier, Zusi! Die Schweiz! Deine Familie!«

»Und, bist du jetzt Jude?«, hat Joel geschrieben. Ich lese die Nachricht im Nachtzug von Holland nach Hause. Im Fenster vermischen sich die Spiegelung der Tischlampe mit den Lichtern von draussen; den Autos, den Ampeln, den Bahnhöfe und je nachdem, wie hell der Hintergrund gerade ist, mit größeren oder kleineren Ausschnitten von mir, von den weißen Tischtüchern, vom gelb leuchtenden Bier und dem einzig anderen Gast im Speisewagen, einem älteren Herrn, der alleine Schach spielt.

»Es ließ sich nicht belegen«, schreibe ich Joel zurück. Ich habe mich bei der jüdischen Gemeinde erkundigt, in Archiven nachgefragt und ihren Stammbaum zurückverfolgen lassen. Die Eltern und deren Eltern stammten aus protestantischen Gegenden. Opoes Geburt ist im Dordrechter Einwohnerregister eingetragen und eine Adoption kann ausgeschlossen werden.

»Wirklich gar nichts?«, hakt Joel nach, halb

im Scherz, halb ernst gemeint. Etwas würde ihm, etwas würde mir daran gefallen, wäre Opoe Jüdin und ich Jude gewesen. Ist es die Tausende von Jahren alte Genealogie, in die wir uns hätten einreihen können? Oder der Umstand, dass diese Geschichte auf einen Schlag zu etwas Größerem geworden wäre?

Ich schaue dem Schachspieler zu, der das Brett Runde um Runde um 180 Grad dreht.

Es war wohl Antisemitismus, der die Spielkameraden Opoe als »Jüdin« hänseln ließ. Antisemitismus, der von den Besatzern gelehrt und von Jelle bis heute mitgetragen worden ist.

»Aber was du für dich gesucht hast, hast du gefunden?«, fragt Joel. Ich betrachte mein Gesicht, das sich im Doppelglasfenster zweifach spiegelt. Ich will begreifen, warum ich bei Opoes Tod alle Schotten habe dichtmachen müssen. Ich will begreifen, was zwischen Opoe und mir gewesen ist, das, glaube ich zu verstehen.

Der Blick des Schachspielers ruht schon eine ganze Weile auf dem Brett; die einzige Bewegung das übertragene Wippen vom Zug. Ich will keine einfache Antwort, keine Erklärung, keine Lösung finden. Er zieht und dreht. Er wird gewinnen und verlieren, beides oder weder noch. Und je länger ich darüber nachdenke, desto klarer wird mir, dass ich über

Opoe schreiben will, wie er spielt, mich Schritt für Schritt vorantasten und beobachten, wie Erinnerung und Vergegenwärtigung, Dokumentation und Erfindung zum Kern verschmelzen, der Opoe für mich ist, der Opoe für mich war.

»Wir heiraten!«, stand auf der visitenkarten-
großen Anzeige, die sie ihren Freunden und
Verwandten in die Briefkästen legte und die ich
später in einem Album wiederfand. Ein Kärtchen mit weißer, aufgenähter Schleife, von der
sich Opoe 70 Stück ausgehandelt hatte. Die
Hochzeit solle keine pompöse werden, sagte
Max. Seine Eltern gratulierten per Telegramm.
Was sie einige Wochen zuvor geschrieben hatten, erfuhr Opoe erst Jahre danach.

Bis in die Küche drängten sich die Gäste, bildeten auf dem dunklen Parkett des Salons einen Kreis in zwei Reihen, den es brauchte, um
Opoes rote Stoffbrosche wandern zu lassen, von
Gast zu Gast, während ihr Bruder Anthonis
Klavier spielte. Mal schneller, mal langsamer,
mal melancholischer, mal im Stakkato. Der
fünfjährige Han musste mit Opoe tanzen und
Tante Jopi auf der Flöte spielen.

»Danke *wel*«, sagte Max, als sie den Schweizer mit Sprechchören zu einer Rede aufgefor-

dert hatten. »Danke *wel*, dass ihr hier seid, und danke *wel* fürs Fest.« Hip Hip, rief die Mutter und Hurra die ganze Gesellschaft. »Sie wird es gut haben in der Schweiz.« Opoe jubilierte: »Dem Land, wo Milch und Honig fließen.« »Hip Hip« ihre Mutter und »Hurra« die anderen. »Aber nicht, dass ihr meint, ihr könnt dann alle nachkommen!«, rief Max mit seiner im Aktivdienst gefestigten Stimme. »Hip Hip« antwortete Han, der zu klein war, um Deutsch zu verstehen, und Anthonis setzte das Klavierspiel fort. »Etwas Fröhliches«, rief er, und seine Finger flogen über die Tasten, als würde die Schwerkraft sie nicht zu Boden ziehen.

In einem fensterlosen Hotelzimmer in Istanbul hatte ich zum ersten Mal von Joel geträumt. Ich war allein in die Stadt am Bosporus gefahren. Ich wollte herausfinden, ob ich das konnte: allein sein, nur mit mir. Die ersten Tage rannte ich durch die Straßen mit den Holzhäusern, die seit Jahrzehnten Roma gehörten, durch das griechische Viertel und durch das osmanische mit dem Palast und den Moscheen. Ich wollte mir die Stadt einverleiben, indem ich sie mit Schritten vermaß und wurde mir erst mit der Zeit ein nachgiebigerer Begleiter, fuhr oft mit der Fähre vom einen Kontinent zum anderen oder verschlief ganze Tage im Hotelzimmer.

An einem dieser zeitlosen Tage, oder war es eine Nacht, träumte ich von Joel. Wir kannten uns nur lose. Im Traum erschien er aus dem Nichts. Ein Fahrstuhl in einem undurchschaubaren Gebäudekomplex, einem Verwaltungsgebäude; ein Gebäude wie Mani Matters Amt. Der Fahrstuhl fuhr hoch und runter, meine Eltern stiegen zu, dann meine Schwester, und wieder aus. Auf meinem Arm hielt ich Norman, eine Bekanntschaft, die seit Monaten nicht mehr werden wollte. Wie ein Säugling lag er da, weich und verletzlich. Ich schaute in seine großen Augen. Ich wollte über seine Wangen streichen, ihn trösten, ihn aufmuntern und beschützen. Dann öffnete sich die Fahrstuhltür, und Joel stand da, in einem Flur mit polierten Schachbrettfliesen und verzinkten Geländern, schaute zu mir in den Fahrstuhl, und unsere Blicke trafen sich – auf Augenhöhe, dachte und spürte ich im Traum und am nächsten Tag, als er noch immer Teil meiner Gedanken war, schrieb ich ihm eine Postkarte aus der Stadt, in der die Welten verschmelzen, Orient und Okzident, von den Fahrten mit der Fähre vom einen Kontinent zum anderen, auf dem Meer und doch in der Stadt.

Max war klein und rundlich. Als Opoe ihn kennenlernte, war vermutlich beides noch weniger ausgeprägt. Sie war mit Freundinnen aus dem

Nähkurs an den Strand gefahren, eine Dünen-
wanderung. Sie lachten viel. Ihre selbst gestrick-
te Jacke flatterte im Meereswind. Es war früher
Herbst, als sie den *prettige man* am Ufer stehen
sah. In holprigem Holländisch sprach er die
Gruppe an und entblößte den Schneidezahn, der
schräg in der oberen linken Zahnreihe stand. Er
erzählte von seinen Wanderjahren, die ihn nach
Schweden und Paris und nun in die Niederlande geführt hätten. Ein Blumengroßvertrieb
in Den Haag habe ihn als Kaufmann angestellt.
Ihm bliebe viel Zeit zum Reisen.

Am Revers trug er ein Schweizerkreuz, um
nicht für einen Deutschen gehalten zu werden. »Wir waren neutral«, pflegte Max zu sagen. Die Schweiz, die sei an diesem grausamen
Krieg nicht beteiligt gewesen, sagte er, der seinen Soldaten an der Grenze im Welschland mit
»Halt, Uri-Stier!« eine Eselsbrücke baute, weil
für die Deutschschweizer Bauern »Halte, ou je
tire!« zu exotisch war.

Die Frauen ließen sich mit Max vor dem ver-
chromten Reisebus fotografieren. Die Schiebe-
fenster standen offen. Opoe hatte sich neben
Max gestellt; ihre Frisur außer sich, so sehr
wehte der Wind.

Max, der Schweizer, den sie einige Wochen
später per Zufall in Den Haag wiedertraf und
der sie in Dordrecht besuchen kam. Ob sie

ihn geheiratet hätte, wenn sie nicht schwanger
geworden wäre, fragte ich Opoe einmal. Sie
schwieg in ihrem Ohrensessel.

Als Antwort auf die Postkarte lud mich Joel
zum Abendessen ein. Er hatte Zwiebelsuppe
gekocht, in der ein Toastbrot schwamm. Wir
tranken Wein, bis wir weiterzogen zu einer
Geburtstagsfeier eines gemeinsamen Freundes.
Wir tanzten und scherzten, bis wir müde waren und uns aufs Sofa in der Ecke des Kellers
fallen ließen. Wir schwiegen, wir beobachteten
die anderen, die sich zuprosteten, sich mit den
Bässen bewegten und tonlos lachten. Ich wollte
meine Hand auf Joels Oberschenkel legen, der
meinen berührte, fürchtete, dass es alles kaputt
machen könnte, dass er sich empören, dass er
aufspringen und den anderen Gästen im karg
beleuchteten Keller von meiner Dreistheit erzählen könnte, und doch überwog der Wunsch.
Ich spürte die Hitze durch meine Fingerspitzen
in Bauch und Kopf schießen. Joel schaute weiter
geradeaus zu den in sich versunkenen Leuten,
unseren Freunden, die ihre Hüften schwenk-
ten, in den Knien federten und die Arme ho-
ben, wenn die Musik Höhepunkte erreichte,
und legte seine Hand auf meine.

Ob ich einen Tee wolle, fragte er, nachdem wir
an den stillen, militärgrünen Sandsteinfassaden

vorbei zu ihm nach Hause gegangen waren. Es war kalt, weil erst Frühling, weil noch Winter. Er öffnete Küchenschränke und stellte auf einem Holztablett, das seine Großmutter mit Bauernmalerei verziert hatte, die Pappkartons der unterschiedlichen Teesorten zusammen. Er sprang auf, als der Wasserkocher klickte. Er lehnte sich vor, stützte die Ellbogen auf seine Oberschenkel und ließ meine Brille vom dampfenden Tee beschlagen. Er begann mich über Istanbul auszufragen, und erzählte von Johannesburg, wo er gelernt habe, allein zu sein. In einem Club wurde er angesprochen. Das erste Mal von einem Mann. Einer, der in einer Villa mit Swimmingpool wohnte, mit Angestellten und Eltern, die meist auf Reisen waren. Eine Welt, so anders als die Welt, in der er aufgewachsen war: Ein kleines Dorf im Entlebuch, in dem seine Eltern einen Bauernhof besaßen. Der Mann, der Junge habe sich auf den Bauch gelegt und ihm den Hintern entgegengestreckt, erzählte er schmunzelnd, das war genauso absurd wie der Körper- und Jugendwahn, den er dort kennengelernt habe. Genauso absurd, und genauso erregend, wie das Wasserbett, das die Stöße in Wellen umwandelte. Joels Fuß berührte meinen, und einfach so, wie ich seine Lippen berührte, seinen Mund schmeckte, seine Hände spürte, seine Rippen und die dritte Brustwarze,

72

die wie ein Leberfleck unter der rechten prangte, spürte ich ein nie dagewesenes Vertrauen, von dem ich in diesem Moment wusste, dass es kein Pathos war und nicht zerbrechen würde.

Joel war neben mir im Bett eingeschlafen. Ich las ein Buch, als ich plötzlich von einem lauten Seufzer aufgeschreckt wurde. »Was ist?«, drehte ich mich zu ihm. Ohne die Augen zu öffnen und ohne richtig aufzuwachen, ließ sich Joel zurück ins Kissen fallen: »Das Kätzchen ist fast vom Dach gestürzt«, murmelte er, lächelte erleichtert und schlief weiter.

Wenige Wochen nach der Hochzeit reiste Opoe zum ersten Mal in die Schweiz. Durch ein schmutziges Zugfenster sah sie die Gleise, die sich vermehrten, bevor sie von Bahnsteigen verdrängt wurden. Opoe sah Männer mit Hüten und Damen in Röcken, die voller Erwartungen in den einfahrenden Zug blickten. Sie drückte den kleinen Lederkoffer an ihre Brust und den Bauch, der sich Tag für Tag mehr wölbte. Sie war bemüht, die abgewetzte Rückseite des Koffers verdeckt zu halten; die bunten Aufkleber, Erinnerungen an deutsche Hotels, in denen ihr Vater einst abgestiegen war, wenn er in die *Klingenstadt* Solingen fuhr, um die neusten Messer, Gabeln und Löffel abzuholen und in den kleinen Koffer zu packen, um sie in den Niederlanden den vornehmsten Hotels anzupreisen.

Mit einem Ruck kam der Zug zum Stillstand. Opoe schaute auf die Türklinke. Wie sollte sie diese herunterdrücken, ohne den Koffer loszulassen, wie sollte sie das Treppchen hinuntersteigen, ohne ihn aus den Händen zu geben? »Mach die Tür auf«, rief Max aus dem Durchgang. Er zerrte und stieß die zwei großen Koffer durch den schmalen Korridor der dritten Klasse, fluchte, als Opoe immer noch vor der Tür stand: »Jetzt steig doch endlich aus, Zusi!«

Für den Anfang reichten drei Koffer. Bereits für die Geburt würde sie wieder nach *Dort* fahren, und erst danach würden sie die Wohnung in Davos beziehen, in den weltberühmten Alpen, wo es fast das ganze Jahr über schneite, man die Nudeln mit Käse und Kartoffeln aß, wo man nicht Eislaufen, sondern Skifahren ging. Ein Herr drängte vor, öffnete die Tür, sodass kalte Luft in den Wagen strömte, half Opoe, als sie ihm den linken Ellbogen hinhielt, über das schmale Treppchen auf den Bahnsteig hinunter, hob den Hut und verschwand im gleißenden Sonnenlicht. Opoe schaute den Bahnsteig hoch und runter, bis ihr ein Mann die Hand entgegenstreckte und etwas sagte, das sie nicht verstand. Er lächelte, was seine Strenge milderte, seine kleine stämmige Figur und den zu einer Linie getrimmten Schnauz. Er griff nach dem Henkel ihres Koffers, aber Opoe schüttelte den Kopf, freundlich lächelnd. Die deutschen Worte wollten sich nicht einstellten, nur »nein, nein« konnte sie sagen und den Koffer einen kurzen Augenblick fester an ihre Brust drücken; nicht zu verkrampft, dachte sie, aber doch so, dass klar war, was sie meinte.

Schon lange hatte sie die Aufkleber wegkratzen wollen, schon mehrfach hatte sie es probiert, aber die Fingernägel, das Messer verletzten das Leder, das kostbare, zu sehr. Sie wollte nicht, dass man sah, dass ihr Vater kurz vor Ausbruch des Zweiten Weltkrieges, kurz vor seinem Tod ein Geschäftspartner der Deutschen gewesen war. »Das. Ist. Jetzt. Eben. Schweizerdeutsch«, sagte Max jedes Wort einzeln betonend und deutete auf den Mann mit dem gradlinigen Schnauz, der erneut etwas gesagt hatte und sie weiter lächelnd anschaute.

In der Schweiz nur noch Schweizerdeutsch, hatte Max in *Dort* angekündigt, und Opoe hatte genickt, das würde schon gehen, bestimmt, und wenn Max es sagte. Sie lächelte dem kleinen Mann zu, der Max am ehesten in der Augenpartie glich, konnte sich besinnen und antwortete mit der Formel aus dem Deutschunterricht: »Danke, sehr erfreut, werter Herr«, und folgte den beiden Männern zum funkelnden Auto, das vor dem Eingang schräg auf dem Trottoir stand. »Sie nennen sie Deux Chevaux«, sagte der Vater zu Max und zeigte aufs Auto, band dann die zwei großen Koffer aufs Dach und ließ Opoe den kleinen Koffer, als sie erneut den Kopf schüttelte. Mit den Aufklebern legte sie ihn auf den Schoß, verschränkte die Hände über ihm und überlegte sich, worüber die beiden Männer wohl sprachen; vermutlich über das Auto, dachte sie, als ihr Schwiegervater auf den Schalthebel, die Armaturen und den Rückspiegel zeigte. Ob sie hier wird Auto fahren lernen können, hier in der Schweiz? Dass ihr das gefallen würde, dachte sie, am Steuer zu sitzen und so schnell oder langsam, ganz wie sie es wollte, durch die Landschaft zu gleiten. Durchs Fenster sah sie, wie das Grün um die Häuser immer mehr wurde, wie sich die Stadt langsam verlor, wie sie vor einem Bürgerhaus mit großem Garten, mit Rosen und einem blau ausgemalten Wasserbecken mit einem kleinen, sprudelnden Springbrunnen zum Stehen kamen. »Sind wir da?«, fragte sie. Max nickte, nicht lächelnd, nein, ernst öffnete er die Autotür und ging der Frau entgegen, die schwer atmend vom Haus her auf sie zugelaufen kam. Er ließ sich umarmen, ohne die Umarmung zu erwidern, und bevor die Frau Opoe ihre Hand entgegenstreckte, musterte sie sie von oben bis unten; von ihrem kastanienbraunen, welligen

Haar über ihre zugeknöpfte, cremeweiße Bluse mit der losen Schlaufe über dem noch kleinen, aber prallen Bauch bis zu den dunkelblauen Lederschuhen mit Absätzen, der Reise wegen nur halbhohen. Die Schwiegermutter lächelte höflich, als sie die Hand wieder losließ: »Grüessech Susanna.«

Joel sagte lange nichts, als wir uns nach seiner Rückkehr von einer erneuten Reise nach Südafrika wiedersahen. Durch ein dorniges Gebüsch hatten wir uns zu einer Mauer am Rand des Güterbahnhofs gezwängt. Von Zeit zu Zeit ratterte ein hell erleuchteter Zug vorüber, gewann an Geschwindigkeit, und liess Rost und Schotter übrig. »Was ist?«, fragte ich schließlich nach. Er habe sich überlegt, begann Joel zögernd, dass es vielleicht besser wäre … Er habe sich überlegt, also, dass er nicht, dass er schon, aber nicht mehr so nahe, diese Intimität, diese Verpflichtung; er könne nicht, weil schon, aber nein; nur Freunde? Kein Sex?

Ein Netz von Lampen tauchte die leeren Gleise in rostrotes Licht. Meine Gedanken begannen zu rasen, während Joel seine zu ordnen versuchte. Ich stand auf. Ich nahm einen Schluck Bier. Ich drehte mich weg. Wieder hin.

»Was ist?«, fragte er.

»Was ist!?«, sagte ich. Ich trank schneller.

»Willst du nicht wissen, wieso?« Joels Knopf-
augen, schwarze Punkte im Gesicht eines Teddybären.

Ich hob die Flasche und ließ sie auf die Gleise
knallen: »Nein, will ich nicht!« Das Bier
schäumte, dann war es versickert. Das Geräusch
des zerschmetternden Glases hing in der Luft.

Er glaube einfach, er sei nicht verliebt, sagte
er. Er müsse nicht jeden Moment an mich denken, es kribble nicht, er vermisse mich nicht,
sobald ich die Tür hinter mir geschlossen habe:
»Ich kann mir vorstellen mit dir alt zu werden,
das schon; das fühlt sich richtig an, aber das
reicht doch nicht, wenn das andere fehlt!« Dieser Rausch, dieses Amerikanische, diese Sucht,
die eine stille Verbundenheit verdeckte.

Vor der Reise hatten wir uns alle paar Tage
getroffen. Über ein Jahr, ohne ausgesprochene
Vereinbarung, ohne benannte Pflicht. »Lust auf
einen Tee?«, schrieben wir uns, schliefen miteinander und saßen auf dem Boden aneinan-
dergelehnt, halfen uns beim Denken und versuchten zu beschreiben, wer was fühlte, warum
er zögerte oder worum ich bangte. Wir sagten:
»Bis zum nächsten Mal«, und vertrauten, dass
wir zusammen weiterschauen würden, vertrauten, dass nicht jemand das tun würde, was
er jetzt tat. Eine vergangene Liebe war aufge-
flammt, in Südafrika, und die Schuldgefühle,

dass er mit ihr betrügen würde, mich, wie er seine damalige Freundin, die in der Schweiz geblieben war, mit jener Liebe betrogen hatte. Er habe es wieder lodern spüren, jetzt wie damals, wie nie zuvor. Dass alle mehr wollten als er, glaube er. Dass er niemals nur einen Menschen, nur ein Geschlecht begehren könne, sagte er. Dass ich eine Nähe wollte, die seine Freiheit bedrohte, fürchtete er.

»Du bist ein Arschloch«, sagte ich. »Ein riesen Arschloch. Verpiss dich.« Ich schob die Dornen beiseite, die uns und die Schienen von der Straße trennten. Ich kroch davon. Ich wollte mich in die Arbeit stürzen, zurück nach Genf fahren, wo ich für einen Verlag auf einer Messe arbeitete, Bücher einreihte und Kaffee ausschenkte. Er folgte mir an den Bahnhof, schaute mir nach, wie ich in den Zug einstieg.

»Du kannst doch nicht einfach so aufgeben«, schrieb ich ihm, als der Zug ausfuhr und ich ihn mit hängenden Schultern noch immer dastehen sah. »Können wir morgen telefonieren?«, schrieb er.

Mit hochrotem Kopf kam Max zu Opoe ins Gästezimmer gestürmt. Es musste einen Streit gegeben haben, unten in der Küche. Er könne gut darauf verzichten, noch zwei weitere Tage hier bei seinen Eltern zu bleiben, sagte er zu

Opoe, die die Koffer ausgepackt und in die Schränke geräumt hatte. Das Geschäft warte, ihre Zukunft, und die täten das nicht für ewig, sagte er. »Spätestens zwei Wochen vor der Geburt musst du zurück in Holland sein: Wir gehen besser heute als morgen. Definitiv. Pack unsere Koffer, Zusi!«

Opoe gab sich Mühe zu lächeln, als sie sich nach nur einem Tag wieder von ihren Schwiegereltern verabschiedete. Max saß im Döschwo, wartete. Sie wäre gerne über Interlaken, über den Brünig gefahren, aber er hatte gesagt, und er musste es wissen, der Pass mit dem Döschwo, das komme zu teuer, sie müsse sich entscheiden: Die Astrid-Kapelle bei Luzern oder mit der Bahn auf die Jungfrau?

Ein Onkel hatte Opoe vom höchsten Bahnhof der Welt erzählt und Ansichtskarten gezeigt; von einem Hotel, einem schmucken Haus am Brienzersee, von der Aussicht über die Alpen und von den hölzernen Seilbahnwagen, die schräg und gestuft, wie eine Treppe, orange bemalt und mit bauschigen Vorhängen, auf die Jungfrau fuhren. »Zur Astrid-Kapelle«, sagte Opoe, weil es eigentlich klar war, dass darauf zu verzichten, jetzt in diesem Moment, jetzt, frisch vermählt, auf keinen Fall infrage kam.

Sie tuckerten durchs Entlebuch. Das sei jetzt die wirkliche Schweiz, sagte Max. Opoe sah vor allem Kühe, Wiesenhügeln und von Zeit zu Zeit einen Bauernhof unter einem tiefhängenden Dach geduckt, als gehörte es sich hier, auch die Häuser zu verstecken. Irgendwo im weiten Grün sah sie einen Bauern, der sich auf seine Heugabel stützte, verwundert ob des leisen Ratterns des Zweizylinder-Viertaktmotors, dem Auto nachschauend, das fast tonlos durch seine Heimat glitt.

In Escholzmatt traf sich Opoes Blick mit dem einer Bäuerin, die sich wegen ihnen im Gemüsebeet aufrichtete, die Hände am weißen Schurz abwischte und unverhohlen über den Holzzaun in den Döschwo starrte.

Dann sah sie wieder nichts anderes als die leere Straße, daneben Kühe und einmal eine Katze, die über die frisch gemähte Wiese huschte, innehielt und den Kopf in die Erde grub. Opoe musste an die Dünen der Nordsee denken. Die Hügel aus Sand, die sich bewegten. Sie ahnte, dass dies nun vorbei sein, dass die Landschaft rund um sie herum von nun an immer gleich aussehen würde, durch Graswurzeln und Tannenbäume starr und unabänderlich mit dem Untergrund verwebt.

Wir telefonierten, wir gingen an der Aare entlang hoch und runter. Er erklärte, ich versuchte zuzuhören. Ich wurde lauter. Er schwieg.

»Ich kann mich nicht an einen einzigen Menschen binden«, sagte er.

»Das habe ich nie gefordert«, sagte ich, »ich würde auch mit jemand anderem schlafen, wenn sich die Möglichkeit bietet.«

»Ich weiß nicht, ob ich dich liebe«, sagte er.

»Das musst du doch nicht wissen«, sagte ich. Ich blieb dran, im vagen Wissen darum, dass meine Zuversicht hartnäckiger sein würde als seine Angst. »Es reicht doch, wenn dir die Zeit gefällt, die wir zusammen verbringen?« sagte ich, und ohne dass ich benennen könnte, wie es geschah, war das Schreckgespenst, dass »Ja, ich will« immer auch »bis dass der Tod uns scheidet« heißen musste, von einem Tag auf den anderen verschwunden.

Mit einem Boot, schnittig wie ein Rennkajak und seitlichen Kufen anstelle eines Kiels, entfernten wir uns rasant vom Ufer und näherten uns einer Insel irgendwo im Pazifischen Ozean. Von Zeit zu Zeit wurde das sonore Röhren des Motors von einem Knall unterbrochen. Das seien Fehlzündungen, sagte Joel: »Er drosselt die Geschwindigkeit, der Motor kommt aus dem Takt, zu viel Benzin-Luftgemisch verbleibt im Kolben, das im offenen Auspuff explodiert. Knall.« Ich nickte, hielt die Hand ins Wasser: Warm war er, der Ozean.

Auf der kleinen Insel zeigte uns der Kapitän, wo wir das Zelt platzieren konnten, ohne dass uns die Flut überraschen würde, und verabschiedete sich bis zum nächsten Morgen, zwei Stunden nach Sonnenaufgang. Wir schnorchelten und ließen uns in der Sonne trocknen. Bereits um sechs wurde es dunkel, begannen die Sterne zu glühen, der Große Wagen stand knapp über dem Horizont auf dem Kopf. Wir legten uns auf die Terrasse des Gästehauses, das leer stand und das einzige Gebäude auf der Insel war, schauten in besagte Sterne und einem Lichtlein nach, das nicht weit von uns vom Himmel zu fallen schien, entdeckten beim Pinkeln vom Felsen leuchtende Punkte im Wasser – waren es Quallen? Oktopusse? Fische? Wir fassten uns zwischen die Beine, rutschen mit den Händen an unsere Hintern. Joel zog mich näher und fester an sich, drehte mich mit einer Hand an der Hüfte, als ich ihm ins Ohr flüsterte, dass er mich nehmen solle, und fickte mich, während ich zu den leuchtenden Organismen im Wasser und in den unendlichen Himmel darüber schaute.

Ich legte meinen Kopf auf seine Brust, deren Senken und Heben sich langsam wieder beruhigte, das Pochen hinter den starken und doch so weichen Rippen. Er strich mir durchs Haar und über die Lippen, der Stein der Terrasse wärmte von unten, die Luft war mild und sanft, der Himmel weit, unendlich und doch ein Himmelszelt. »Entweder gibt es da sonst noch irgendwo Leben«, ich zeigte zu den Sternen, zur Milchstraße, »oder es muss Gott geben«, sagte ich berauscht davon, wie alles in sich aufzugehen schien.

»Nein, das erklärt doch keinen Gott«, sagte Joel. Nein, Gott und Leben auf unserem Planeten, da sehe er rein gar keinen Zusammenhang. Er nahm mich beim Wort, wie er alles beim Wort nahm und wissenschaftlich sezierte, selbst dann, wenn es von Herzen kam.

Ihr Herz öffnete sich erst wieder, als es auch die Landschaft tat. Ein verwinkelter See erstreckte sich in die Weite. Felswände und Wälder säumten ihn. Max lenkte den Döschwo zur Seebrücke, und am Horizont sah Opoe zum ersten Mal aus dieser Nähe die schneebedeckten Gipfel der Alpen, rief laut aus: »*Aanlokkelijk! Kijk eens! De Alpen!*« Und als sie sich zu Max drehte: »Und schau, da: *De mondain stad!*«

Max konnte sich ein Lächeln nicht verkneifen, aber blieb sich seiner Pflicht bewusst: »Schweizerdeutsch, Zusi, gell?« Das Seeufer war gesäumt von luxuriösen Hotels. Der Schweizerhof, das Hotel National, das Kurhaus. »Oh Max, diese Hotels!« Ihre Augen leuchteten. Wie ein Concierge ihre Koffer aus dem Auto heben würde, stellte sie sich vor, und wie sie sich bei Max unterhaken würde, um mit Blick auf den See das kleinste, weil günstigste, aber immer noch luxuriöse Zimmer zu beziehen. Böden bespannt mit Perserteppichen, goldumrahmte Spiegel! »Zusi, zeig Räsonanz«, sagte Max. Der Döschwo begann zu holpern, der Straßenbelag hatte von Teer zu Pflastersteinen gewechselt. Wo sich denn die Pension »Zum Schiff« befände, fragte Max einen Polizisten, der ihm die Richtung durch die Altstadt und zur Rückseite der »Zunft zu Safran« wies.

Opoe ließ sich nichts anmerken, als der Mann hinter dem Tresen ohne aufzuschauen Max den Zimmerschlüssel zuschob und »Zimmer Acht« vor sich her murmelte. Max trug die Koffer das schmale Treppenhaus hoch, und Opoe blieb bei einem bullaugigen Fenster stehen, um einen Blick auf die Reuss zu werfen, die unterhalb des Wehrs schäumte und sprudelte.

Wir wanderten durch Reisterrassen, tausende Jahre alt. Joel balancierte über die Steinmauern, die das Wasser der einzelnen Felder stauten. Mücken schwirrten über den Becken, und im Wasser trieb ähnliches Getier. Was von dem sanften Tal nicht kultiviert worden war, war tropischer Wald. Urwald. Wir setzten unsere

Holzstöcke mit Nachdruck auf, um Schlangen zu verscheuchen. Das hatte uns der Besitzer des Gästehauses angeraten, in dem wir am Morgen aufgebrochen waren: »Immer dem Flusslauf nach, bis zu einem Dorf.«

Still gingen wir hintereinander her. Der Streit vom Morgen kreiste noch in unseren Köpfen. Irgendeine Streiterei, die wir uns trotzdem zu Herzen nahmen. »Du bist ein Kopfmensch«, unterbrach Joel die Stille und wendete gegen mich an, was ich ihm am Morgen an den Kopf geworfen hatte. Er war vor mir aufgewacht, hatte sich mit Arbeitspapieren neben mir ins Bett gesetzt und so lange mit den Blättern geraschelt und sich im Bett gewunden, bis ich aufgehört hatte, mich schlafend zu stellen:

»Muss das sein?«

»Können wir los?«

»Kannst du nicht einfach mal nichts tun, und den Moment genießen?«

Ich liebte es, mich an Joels sehnigen Körper zu kuscheln, den diese ständige Spannung aufrecht hielt. Ich fühlte mich sicher, ich fühlte mich geborgen. Und dann überkam mich wieder der Drang, ihm die Finger in die Rippen zu bohren, damit er auch einmal lockerlassen würde, innehalten, nicht wie ein Fels unbeirrbar in der Brandung stehen, sondern sich von der Umgebung, von Zeit und Raum mitreißen lassen würde.

»Du setzt dir etwas in den Kopf, und dann siehst du nur noch das«, sagte er, und wir begannen von vorne unsere Schleifen zu ziehen, reihten Argumente aneinander, spielten sie gegeneinander aus, rieben unsere Gemüter aneinander, bis sie Feuer fingen oder wir nur noch schwiegen, und sich der eine oder andere überwinden konnte, sich zu entblößen und einzugestehen, dass wir wohl beide Kopfmenschen waren oder keiner von beiden, womit die Mauern fielen und sich Raum auftat, sodass wir uns wieder näherkommen konnten.

Joels drahtiger Körper, seine Haut, die nach Olivenöl roch und nach Meerwasser schmeckte. Seine sehnigen Muskeln, die ihn über mich stemmten, mich von sich stießen und an ihn zogen.

Die Spannung, die ihn erfüllte, würde sich niemals ganz und nur mit viel Zeit vielleicht ein wenig lösen lassen. Das wurde mir von Mal zu Mal klarer. Es gab keinen Ballon hinter seinen Rippen, den ich mit einem gezielten Stich zum Platzen bringen konnte. Es gab kein Gebläse mit Stecker, wie bei jenen luftig prallen Figuren, die an Aktionstagen Einkaufszentren schmückten, an denen man ziehen konnte, damit sie in sich zusammenfielen. Es war keine Spannung, die wie bei Schnittblumen vom Wasser in der Vase herrührte und das man nur zu entziehen brauchte. Nein, es waren über Jahrzehnte gewachsene Wurzeln, die ihn unabänderlich mit dem Boden verwebt hatten und ihn einerseits vom Ausschweifen abhielten, andererseits aber auch vor den ungebannten Kräften, von Wind, Wetter und Stürmen schützten.

Auf einer der Steinmauern warteten wir, bis der Schweiß getrocknet und die Außenwelt zurückgekehrt war. Wir wanderten weiter, noch immer meist schweigend, aber ein friedlicheres, befriedigtes Schweigen nun, wie nach einem Gewitter, das nach lähmender Hitze Luft für die Umgebung geschaffen hatte, für das Rauschen und Fiepen des tropischen Waldes.

Das Dorf war eine Ansammlung einfacher Steinhäuser bedeckt mit Wellblechdächern; jede einzelne Platte, über zwei Stunden Fußweg von der nächsten Straße hergetragen, so erzählte man uns. Und auch jede Flasche Wasser und die Konservendosen, die uns die alte Frau, in deren Haus wir übernachteten, zum Abendessen anbot, waren zu Fuß hertransportiert worden, für uns und die anderen Touristen, die traditionellerweise oft aus Israel kamen, das von den Philippinen besonders früh als Staat anerkannt worden war.

Wir spazierten durch das kleine Dorf, kletterten die behelfsmäßigen Wege hoch und runter und setzten uns an den betonierten Schulhof, den, gemäß einer Tafel, die Amerikaner gesponsert hatten. Scheinbar alle Dorfkinder hatten sich auf dem Platz versammelt. Die meisten spielten Fußball, einige saßen daneben. Unermüdlich rannten sie hinter den Gittern hin und her. Mir war auf einmal, als schaute ich Joel und mir als Kinder zu. Zwei Jungen, die sich rauften, um sich gleich danach wieder an der Hand zu nehmen, um die größeren zu fragen, ob sie mitspielen dürften. So war unsere Reise und so war es, wenn wir einen Tag lang über Kleinigkeiten stritten und uns vor dem Einschlafen dann die Hände auf den Bauch legten, weil ich einmal vom Bleimantel erzählt hatte, den mir der Zahnarzt zum Röntgen über den Bauch und die Weichteile gelegt hatte: das reine Gewicht und die Wärme, die Geborgenheit gaben.

Ein Junge sputete sich von allen am meisten, rannte vom Angriff in die Verteidigung, immer knapp hinter dem Ball her. Er trug Fußballschuhe, die noch zu groß waren, sodass er in sie hineinwachsen konnte. »Das bist du«, sagte ich zu Joel, und er nickte lachend. Ich bemerkte, wie ich für den Jungen Feuer gefangen hatte, wie ich mit ihm fieberte, dass er den Ball erkämpfen und ein Tor schießen würde. Im letzten Moment ließ er aber einem laut rufenden

Jungen den Vortritt, und beim nächsten Mal einem, der überzeugt war, es alleine besser zu können. Im Fall der Fälle wäre er bereit, dachte sich der Junge mit den zu großen Schuhen; im Fall der Fälle wäre Joel bereit, das wusste ich.

Ein Gewitter zog sich über Luzern zusammen. Über dem See schien noch die Sonne, leuchtete sogar heller vor der dunklen Wolkenwand, die sich über die Berge wälzte. Die Straße schlängelte sich das Ufer entlang Richtung Küssnacht, und wenn Opoe nach vorne aus dem Auto schaute, sah sie die Rigi in den strahlend blauen Himmel ragen. Duftwolken von süßem Klee, von Honigblumen, wie sie Max als Kind genannt habe, wurden durch das offene Fenster in den Döschwo geweht. Kaum mehr ein Haus. Meist nur Wiesen, Kühe und der See. Opoe fühlte sich leicht, ein Gefühl wie fliegen, dachte sie und sog die frische Seeluft in grossen Zügen ein, dachte an die Wochenenden am Meer, mit der Familie in Noordwijk am Strand. Max deutete mit dem Finger auf die Rigi: »Und, wie heißt der Berg?«, fragte er. Am Vorabend am Seequai in Luzern hatte er es ihr gesagt.

»Rigi«, sagte sie.

»Der oder die?«

»Vorsicht, die Straße!« Der Gedanke an Königin Astrid und König Leopold hatte sie erschaudern lassen, aber Max fuhr sicher und kompetent. Die Zeitungsberichte, wie der *Koning der Belgen* auf die Rigi gezeigt haben soll und dann mit dem Auto auf das Mäuerchen fuhr, wie er Gas gab, um wieder auf die Straße runter zu kommen, und damit die Kontrolle endgültig verlor – sie versuchte die Bilder zu verdrängen und musste umso stärker daran denken.

»Komm doch wenigstens kurz mit in die Kapelle«, sagte sie, als Max am Straßenrand angehalten hatte. Aber nein, hier könne er nicht parkieren, sagte er und ließ den Motor laufen. Religion, diese Monarchie-Verehrung, das war ihm ein Dorn im Auge. Also stieg Opoe die paar Betonstufen allein hoch und bat in der Gedenkkapelle die Königin allein um den Schutz ihrer Ehe. Darum, dass ihnen beiden so etwas Schreckliches nie passieren würde, und vor allem darum, dass auch sie eine Ehe führen würden wie Astrid und Leopold, voller Zuneigung und Liebe.

»Wissen Sie, Königin Astrid, sie war die liebste Mutter und ihrem Mann immer mit ganzem Herzen treu«, sagte mir Opoe versunken in ihrem Ohrensessel.

Am White Beach setzten wir uns in die Sunset Bar. Es war einer der letzten Tage unserer

Reise. Jeden Abend gebe es hier Trannies- und Feuershows, hatte man uns in dem kleinen Küstenort empfohlen. »Oooh, it's the best here«, sagte auch die Kellnerin, die sich als Mia vorstellte. »The only bar with only trannies working«, rief sie in hohen Tönen und ließ eine in Plastik geschweißte Cocktailkarte auf den Strandtisch sausen. »You brothers?«, fragte sie und zog zweifelnd die Augenbrauen hoch. Wir lachten. »Oh, cute boys!« Sie rauschte weiter, von Gast zu Gast. Wir beobachteten aus unseren Plastikstühlen den Sonnenuntergang und das Pärchen in der Brandung: ein um einiges älterer Mann, den Tattoos nach einer der zahlreichen amerikanischen Kriegsveteranen, und in seinem Schoß eine junge Philippina. Er hatte seine braun gegerbten Arme um ihren straffen Bauch geschlungen, küsste sie auf den Hals, und sie verrenkte den Kopf, um mit ihren Lippen seinen Mund zu erwischen. »Hier kriegst du für Geld einfach alles«, sagte Joel. Das Pärchen lachte auf. Eine Welle hatte ihnen Sand in die Badehosen gespült. »Oder sie lieben sich«, sagte ich. Joel zog am Strohhalm seines Cocktails und lachte, überhaupt nicht überzeugt.

Das Einzige, das klar zu verstehen war, war »Max«, mit schwacher, zittriger Stimme, immer wieder: »Max«. Opoe lag in Fötusstellung neben dem verrutschten Perserteppich. So hatte die Pflegerin sie auf dem Nachtrundgang in ihrer Alterswohnung vorgefunden. Wo sie Schmerzen habe, hatte sie gefragt und sich zu ihr gebeugt. Wie sie helfen könne? Aber Opoe hörte nichts.

Meine Mutter rief mich an und bat mich hinzugehen. Also packte ich Schlafsack und Camping-Matte und fuhr zu Opoe an den Stadtrand.

Es war dunkel in der Altersresidenz. Ich öffnete die Türe mit dem Schlüssel, den ich für Notfälle hatte. Neonröhren flackerten auf. Neben Opoes Bett brannte die Nachtischlampe. Es roch nach Lindenblütentee. Unberührt stand die Tasse da. Opoe hatte sich zur Wand gedreht, die Beine an den Körper gezogen. Von Zeit zu Zeit ein Schluchzer und dazwischen, immer wieder: »Max«. Die Pflegerin schaute herein und schilderte mir flüsternd, was geschehen war. Ein Schwächeanfall, ein Nervenzusammenbruch, wir sollten den nächsten Morgen abwarten. Ich rief meine Mutter an. »Danke Schatz, dass du dort bist«, sagte sie.

Ich setzte mich neben Opoes Bett auf den Boden, strich über ihre Schulter und redete ihr leise zu, dass wir den nächsten Tag abwarten sollten; dass bei Tageslicht alles wieder freundlicher sein würde – all das, was auch ich glauben wollte. Ich berührte ihre Hand und hielt sie, als sie sie nicht zurückzog. Ich begann Lieder zu singen, als mir keine Worte mehr einfielen. Kinderlieder, weil ich keine anderen kannte: »Ich ghöre es Glöggli« und »Dona nobis«, bis sie eingeschlafen war.

Am nächsten Morgen holte ich ihr Sonnenblumen von einem nahe gelegenen Feld. *Blumen zum Selberschneiden*, hatte ich auf dem Hinweg auf dem Schild gelesen und daneben das Pflanzenheer gesehen. Opoe nahm eine Vase aus dem Vitrinenschrank und versuchte die Einsamkeit und den Schock der Nacht mit einem Lächeln zu überdecken. Sie drückte meine Hand: »Sie trösten mich. Sie kennen meine Lieblingsblumen. Sie sind fast so was wie mein Freund, nicht?«

Für jede ihrer Freundinnen hatte Opoe ein Edelweiß mitgebracht. »Die hat Max gesammelt«, sagte sie und überreichte die gerahmten und hinter Scheiben gepressten Blumen. Wann immer er konnte, stieg Max zum Botanisieren in die Berge.

Die Freundinnen zeigten auf ihren Bauch: »Toitoitoi!«, lachten sie im Chor, zwei luden die Koffer auf die Gepäckträger ihrer Fahrräder, und die anderen hängten sich bei Opoe unter: »Dass das Kind nicht plötzlich auf der Straße zur Welt kommt«, scherzten sie, und für einen kurzen Moment fühlte es sich wie früher an, als sie alle noch unverheiratet waren und ohne Kinder durch die Straßen und entlang der Grachten der kleinen Kleinstadt zogen.

Dort schien aufgeräumt geworden zu sein, in den wenigen Wochen, die Opoe weg gewesen war. Die Pflasterung des von den Panzern aufgerissenen *Vrieseplein* war abgeschlossen. Vor dem Haus vor der Fuhrhalterei, die er nach dem Ende des Krieges zu einem *Koffiehuis* umgebaut hatte, wartete Anthonis. Er habe sogar noch mitgeholfen, sagte er, spannte seinen Bizeps und zeigte auf den Platz: »Damit alles rechtzeitig für Ihre Ankunft bereit ist, eure Hoheit!« Er drückte seine Schwester mit einer Herzlichkeit an sich, als hätten sie sich seit Jahren nicht mehr gesehen. »Zusi, schön, dass du wieder hier bist!« Opoes Mutter kam die Treppe heruntergestiegen und drückte ihre Tochter an sich. Wie immer seit dem Tod ihres Mannes, trug sie Schwarz, aber elegant und mit Hut.

Eine Woche verging. Dann stand Anthonis wieder vor seinem *Koffiehuis*, wartete und rauchte ungewöhnlich viele Zigaretten. »Heute geschlossen«, hatte er ein Schild an die Tür gehängt. Seine Frau hatte er mit Jelle zu den Schwiegereltern geschickt. Opoe vertrug sich nicht mit der »Frau vom Land«. Vielleicht war es Eifersucht, dachte er sich und schaute zur Eiche, die bald ihre letzten Blätter verloren haben würde, rauchte und wartete auf Mamans Rufen.

Opoe lag auf dem Bett, die Hebamme hatte ein Laken zusammengerollt und ihr in die Hände gedrückt. Maman hielt sie an der Schulter, lächelte und schien sich zu freuen. Opoe schwitzte und biss ins Laken, um nicht zu schreien. Sie versuchte an die Fotos zu denken, die ihr Max von Davos gezeigt hatte – daran, was sie dort und in ihrem neuen Leben erwarten würde: der Alpenkurort, in dem Königin Beatrix die Ferien verbrachte, das *Neederlands Sanatorium* und das Kino, das sich in demselben Palisadengebäude befand wie der Blumenladen, den sie übernehmen, in dem sie bald arbeiten, über dem sie mit Max eine eigene Wohnung beziehen würde.

Maman strich ihr mit einem kühlen Lappen über die Stirn. »Mach dir keine Sorgen, Zusi, Liebes. Das Kind wird es schön haben hier. Anthonis und ich werden uns gut darum kümmern. Und sobald euer Geschäft läuft, kommst du es holen!«

Am Morgen nach dem Skype-Gespräch mit Katka und Eva hatte ich Kopfschmerzen gekriegt. Krämpfe, die sich von der Stirn her über den Schädel zogen und über Tage anhielten, als versuchten sie die Antwort aus meinem Kopf zu pressen.

In Unterhose und T-Shirt hatten die beiden Frauen vor dem Computer gelegen. Eva hatte ihren Kopf auf Katkas Brust gelegt und die Decke hoch gezogen, als mein Bild erschien. Es war nach Mitternacht, bei ihnen brannten Kerzen und bei mir eine Schreibtischlampe. Übers Netz schwatzten wir zwischen Biel und Leipzig hin und her. Katka erzählte von einem Dreh, den sie endlich abgeschlossen hatte, und Eva von einem Deutschrock-Konzert, das ihr nicht gefallen habe. Einige Monate vor Opoes Tod war Katka zu ihrer Freundin nach Leipzig gezogen. Ob sie nun jemanden gefunden hätten für das leere Zimmer, fragte ich. Und sie erzählten von Frank, der eingezogen und eigenartig sei. Es wurde ein Uhr, bis ich das erste Mal lange und ausgedehnt »Jaa« sagte: »Dann hören wir uns also wieder?« Sie schauten sich an und entschieden sich in stiller Übereinkunft für Katka: »Hast du es dir überlegt, Donat?«

Im Sommer, als ich für mehrere Wochen zu Besuch war, hatten sie zum ersten Mal gefragt. Die lichten Straßenzüge Leipzigs, der weite Himmel über dem flachen Häusermeer und das Viertel der beiden Frauen, an dessen Wänden Sinnsprüche prangten: »Wonnewitz bei den Punks.« »Wer keinen Sex hat, sucht sich ein Hobby!« Ich mochte es, durch die leere Stadt zu ziehen. Sie ließ Raum zum Schreiben. Am letzten Abend fuhren wir an einen der Seen am Rande der Stadt. Eine mit Wasser gefüllte Kohlegrube von artifizieller Natürlichkeit. Am einen Ufer ein Bambuswald, Schilfbuchten am anderen. Sie hatten Salate mitgebracht und breiteten auf dem borstigen Gras ein Wachstuch aus. Wir stießen mit Rotkäppchen-Sekt auf den gemeinsamen Monat an, auf Rotwein-Abende und ein Kochduell. Eva grillte Würste, und als wir schon aufbrechen wollten und ich den Grill aufs Fahrrad spannte, rang sich Katka durch: »Möchtest du eigentlich Vater werden?« Unter der Wasseroberfläche trieben rote Algenfetzen, die abwechselnd gegen das Ufer gedrückt und wieder weggeschwemmt wurden. Der Wind hatte aufgefrischt: der See, der die gespeicherte Wärme an die Luft abgab, die Abendwinde, die aufstiegen. Sie seien ganz offen in welcher Form, kam Eva zur Hilfe. »Mehr so Teilzeitvater, in den Ferien, oder Erzeuger: Hauptsache, das Kind kann dich kennenlernen. Wir möchten unbedingt. Wir würden auch warten. Wir möchten mit dir!«

Zur Geburt meiner Nichte hatten mir meine Schwester und ihr Mann eine Urkunde überreicht. Oder war es ein Genossenschaftsanteilsschein? »18 % Zora«, stand auf der Gutscheinkarte, die Ultraschallbilder und goldene Sterne zierten. Dass ich Teil sein sollte, wollten sie mir sagen, Teil der neuen Familie, die entstand.

Nach Zoras Geburt zogen sie zu mir nach Biel. Ich gab Zora die Flasche, wenn beide weg waren. Ich schaukelte sie und versuchte sie zu beruhigen, als sie im Snuggly an meiner Brust schreiend Milchsäure schwitzte. Und als sie bereits laufen, aber noch nicht in Sätzen reden konnte, holte ich sie in Basel ab, wo ihre Eltern auf einer Hochzeit die Nacht durchfeiern wollten. Aus heiterem Himmel wurde sie manchmal an ihre Eltern erinnert, rief ängstlich Mama oder Papa, aber zog mich sogleich weiter, wenn ich begeistert auf die Tram, den Zug oder auf die Brücke über den kräuselnden Fluss zeigte.

Ich saß auf einem großen Kissen, das ein Affe war und hielt durch die Holzstäbe ihre Hand. Wir hatten die Bilderbücher beiseitegelegt, und ich hatte sie übers Gitter ins Bett gehievt. Sie spielte mit meinen Fingern, während ich ihr im Dunkeln Geschichten von Affen und Inseln erzählte, bis die Müdigkeit sie übermannte und sie auf dem Bauch einschlief, nur einmal kurz unterbrochen von zwei schlafvergessenen Rufen und einem Zucken, das den ganzen Körper durchdrang.

Ich nahm kaum wahr, wie sich Joel in der Nacht zu mir ins Bett legte. Ich träumte von Zora, die jederzeit aufwachen und rufen könnte, dass jemand bei ihr vorbeischauen solle, um ihr zu versichern, dass sie trotz Dunkelheit nicht alleingelassen worden war.

»Mama« rief sie schließlich erst am Morgen und umklammerte die Gitterstäbe, bis ich sie hinaushob und wir, Joel, Zora und ich, den Tag begannen.

Ob sie da drauf wollte, fragte ich sie, als wir am See ein Miniatur-Dampfschiff durch das Hafenbecken tuckern sahen. Die Dampfmaschine ratterte mit einer Gleichmäßigkeit, dass Zora, eingepackt in eine dicke, warme Schwimmweste, nach dem Schnuller fragte und auf meinen Schoß kroch, um den Kopf an meine Brust zu legen. Auf meinem Arm das schlafende Mädchen, half mir Joel aus dem Boot. Vorsichtig befreiten wir sie aus der Schwimmweste und breiteten unsere Jacken unter einen Baum aus, legten Zora darauf und uns daneben. Joel nahm ihre eine und ich ihre andere Hand. Und so dösten wir in den Nachmittag. Kleine, hastige Atemzüge von Zora, und ein leises Rasseln von Joel.

Opoe fuhr mit der roten Schmalspurbahn in *die höchste Stadt Europas*. Das letzte Linienflugzeug war vor zwei Jahren in Davos gelandet. Max hatte in einem schmucken Geschäftsgebäude einen Laden angemietet, der zur Pacht ausgeschrieben war: direkt gegenüber der Talstation der Schatzalpbahn, die die vornehmsten Kurgäste bis auf den Zauberberg brachte.

Aber selbst sie wurden immer weniger, seit gegen Tuberkulose Streptomyzin erfunden worden war. Der Sporttourismus würde in die Lücke springen, teilte Max mit den Behörden die Überzeugung. Der Krieg war vorbei, die

Leute wollten reisen! Den Flugplatz hatte man in ein *Green* verwandelt. Davos wurde in den Zeitungen Europas und der USA als *höchster Sommer- und Wintersportort* angepriesen.

Max hatte die Leiter von innen ans Schaufenster gelehnt. Opoe hielt sie fest. »Wir haben die Zukunft vor uns«, sagte er und begann eine seiner feurigen Reden, während Opoe ihm die schwarzen Lettern aus neuartigem Kunststoff reichte. Das I, das D. Sie betrachtete seine Fesseln, die sich unter den Socken abzeichneten, und wie sich das feine Nylongewebe über die kräftigen Waden spannte. Den Blick weiter hoch verbot sie sich, leise kichernd, aber doch laut genug, dass Max sich umdrehte und sie tadelte. Aber lächelte. Er kannte diesen Blick und fuhr ihr durch das gewellte, schwarze Haar. Sie drehte sich langsam ab und hielt ihm das E entgegen. »Zum Idealisten« sollte der Laden heißen. Max hatte es auf der Hochzeitsreise vorgeschlagen. »Auf dass wir immer an unsere Träume glauben«, sagte er. Opoe pinselte die Zucker-Mehl-Wasser-Mischung an die Buchstaben, und er klebte sie an die Scheibe. Sie hielt den Saum der violetten Samttücher an den oberen Schaufensterrahmen, und Max schlug die Nägel ein. Die Falten hatte sie genäht, damit der Vorhang schöner fallen würde. Das konnte sie gut. Das hatte sie anderen Frauen in den

Nähkursen beigebracht. Die klassischen Blumenbouquets, assortierte, in Töpfe gepflanzte Blumen, platzierten sie auf zwei Sockeln. Und zum Schluss kleidete sie das holzige Mannequin mit ihren besten Kleidern ein; einer königsblauen Seidenbluse und einem schwarzen Faltenrock, der knapp über die Knie reichte. Jeden Tag würde die Puppe einen frischen Strauß in den Händen halten. Das war die Neuerung, die Moderne, die sie nach Davos bringen würden: Schnittblumen, die verwelkten und gerade daher von graziler Schönheit waren, so wie es Max in Paris gesehen hatte. Der Idealist sollte »ein Geschäft von Welt« werden, sagte er, ein bereister Mann, mit internationaler Erfahrung: »Die Gartenbauschule in Genf, Anstellungen in Schweden, Paris und den Niederlanden«, zählte Opoe seine Meriten auf, an einem der wenigen Abende, an dem sie mir in dem Ohrensessel gegenübersaß.

»Liebes Kind«, schrieb ich auf einen Zettel, als sich die Kopfschmerzen auch mit Tabletten nicht lösen ließen.

Liebes Kind, liebes unvorstellbar neues Leben,

seit dem Besuch von Eva und Katka schlage ich mich damit herum, ob die Schriftstellerin auf irgendeine Weise recht haben könnte. Kinder wie du seien unwürdig, seien Halbwesen, hatte sie das Alte Testament bemüht. Die Tradition von Adam und Eva sei es, die dir fehle. »Was, wenn?«, frage ich mich seither. Was, wenn sie entgegen all dem, was ich glaube, recht hat? Was, wenn du mich verklagen willst und Alimente einforderst, die ich nicht zahlen kann? Was, wenn ich es plötzlich bereuen werde, weil ich denke, du würdest mein Leben verhindern? Was, wenn mich das schlechte Gewissen nicht mehr loslässt und ich dir statt mit Liebe nur mit Vorwürfen begegnen kann? Was, wenn ich etwas tun soll, das ich nicht tun kann? Was, wenn du Geburtstag hast und ich es vergesse? Oder ich dran denke, aber mich nicht überwinden kann, mich zu kümmern? Was, wenn ich statt Zuneigung nur Stress verspüre? Was, wenn ich dich nicht lieben kann?

Ich hatte einmal einen Kinderwunsch. Als Kind war mir sonnenklar, dass ich einmal Vater werden würde. Bis ich merkte, dass ich keine heterosexuelle Liebesbeziehung führen werde. Ich begann zu überlegen und hinterfragen, was das sein kann für mich, »Familie«? Ich pries mich bei Freunden als Patenonkel an und bei meiner Schwester als engagierter Onkel. Meine Nichte, Zora, wurde geboren und ich erlebte von ganz nah: Neugeborene unterscheiden nicht nach Geschlecht oder Verwandtschaftsgrad, sondern danach, wer sich um sie kümmert. *Und doch, seit mich Eva und Katka gefragt haben, steckt in mir die Angst dieser Rede. Nicht ihr Inhalt, aber die Angst, die auch diese Schriftstellerin schürt. Die Angst vor dem Unbekannten, die Angst, etwas Falsches zu tun, die Angst, etwas zu verlieren. Was, wenn? Nach 25 Jahren habe ich etwas gefunden, das mich erfüllt, das mich packt, das mich nicht in Ruhe lässt. Ich habe begonnen zu schreiben. Mit meinem ganzen Herzen. Und mit dem Schreiben ist mein Kinderwunsch verblasst. Ist das egoistisch? Wahrscheinlich. Aber mit dem Schreiben ist auch etwas anderes gewachsen: meine Liebe zum Leben. Ich habe Angst, diese zusammen mit der Zeit und dem Raum zum Schreiben an dich zu verlieren.*

Ich schreibe diesen Brief auf der Sonnenterrasse der Barke. Vor mir eine grüne Rutschbahn, Schaukeln und viele Kinder, die am ersten Frühlingstag diesen Jahres herumtoben. »Sei vorsichtig, kleiner Papagei«, ruft ein älterer Mann zu einem der Kinder, das die Leiter zur Rutschbahn erklimmt. Ich stelle mir vor, du bist eines davon. Ich weiß, dass Eva und Katka mit ihrem ganzen Herzen Mütter werden wollen. Aufrichtig und mit allen Konsequenzen. Spielt es eine Rolle, ob dein Spielplatz hier in Biel oder bei ihnen in Leipzig liegt? Ich glaube zu wissen, dass sie Liebe zu schenken haben, die sie miteinander erfahren. Spielt es eine Rolle, ob sie dich zu zweit am Ende der Rutsch-

*bahn erwarten oder wir zu dritt, jemand alleine
oder wir zu viert? Wäre es nicht besonders schön, es
würde variieren? Sie zwei, wir drei oder mit Joel,
mit meiner Mutter und mit Yuri, den ich dir noch
vorstellen werde, wir fünf?*

»Der Idealist« lädt ein:
Mit Blumen von Welt und Wein von hier,

stand auf den Einladungskarten, die sie im
Dorf, von dem sie bald lernten, dass man es
Stadt nennen musste, verteilten. »Man muss
sich mit den Einheimischen verbünden«, hatte
Max gesagt und den Wein bei einem Krämer in
der Nähe und Heißen Hammen und Kartoffel-
salat beim benachbarten Metzger bestellt. Max'
Eltern steuerten eine Magnumflasche Champagner bei. »Zur Eröffnung deines ersten eigenen
Geschäfts!«, hatten sie auf das zugehörige Kärtchen geschrieben.

»Das wird ein Fest!«, sagte Max und küsste Opoe auf die Stirn. Ein Mann stellte sich
als *Chef Concièrge* des *Nederlands Sanatorium
Eugenia* vor, und zwei wohlgekleidete Bauern
kannten Max und Opoe von Einkaufsgesprä-
chen. Der anglikanische Pfarrer erwies zusammen mit seiner Frau und dem Sigristenpaar die

Ehre, und die Besitzer des Sportgeschäfts von nebenan brachten selbst gebackene *Ofletten* mit: »Soso«, flüsterte die Frau zu ihrem Mann, als sie die Dose mit dem Gebäck auf den Tresen stellten, unter dem Max den Flaschenöffner suchte, »Champagner trinken sie in Holland.« »Aber alles in allem war es eine schöne Party, ein guter Start«, betonte Max am Telefon gegenüber seinen Eltern, die neben dem Champagner eine beträchtliche finanzielle Summe in das Geschäft gesteckt hatten.

Über eine versteckte Treppe hinter dem Tresen gelangte man in den Binderaum im Zwischenstock. Anfangs hatte sich Max noch hinter Opoe gestellt. Um einen guten Kopf kleiner, führte er ihre Hände oder band selbst einen Strauß, den sie kopieren sollte. Er überprüfte ihre Handgriffe, die Bindungen und Schnitte und ließ seine Hand immer mal wieder über ihren Rockbund rutschen. »Ich muss dir mal wieder Schokolade kaufen. Nicht, dass du zu dünn wirst!«, kniff er sie in den Hintern.

Bald beherrschte sie das Binden und Stecken. Und wenn Max mit den Bauern verhandelte, auf dem Markt war oder das Telegramm zur Bestellung in die Niederlanden schickte, half sie auch vorne am Tresen aus. Anfangs, indem sie die zu bezahlenden Beträge auf den Notizblock schrieb und bald, indem sie die Zahlen so betonte, dass man kaum mehr merkte, dass sie nicht von hier war, und indem sie alle anderen Sätze mit Nicken und Lächeln umschiffte. Wurde es dunkel und waren die Passanten von den Straßen verschwunden, schickte Max sie mit den Lieferungen los. Bedacht darauf, den Handwagen nicht zu schnell zu ziehen, dass die klappernden Holzräder keine Aufmerksamkeit auf sich zogen, passierte sie die nahe gelegene Anglikanische Kirche, was ihr aber nicht viel sagte, wie ihr die Kirche ganz allgemein nie viel gesagt hatte.

Wenn irgendwie möglich, legte sie das *Neederlands Sanatorium* an den Schluss der Tour. Die niederländische Kur-Einrichtung war in einem wuchtigen Backsteinriegel untergebracht, in dem nun statt Tuberkulosekranken Kriegsopfer und Staatsbeamte den Tag in Decken gehüllt auf den Balkonen verbrachten. Wenn sie nicht spazieren gingen oder im Salon Schach und *Klaverjassen* spielten. Irgendjemand von ihnen ließ sich meist für einen Schwatz gewinnen, jemand, dem sie gerade die Blumengrüße überreicht hatte beispielsweise. Und ansonsten blieb immer noch der leicht aufsässige Concièrge, der ihr Schokoladenherzen zusteckte, die die Zimmermädchen eigentlich auf die frisch gemachten Betten legen sollten. Selbst wenn man nie genau wusste, wer auf welcher Seite war, jetzt und damals im Krieg, hier in der Fremde gehörten sie zusammen, hier waren sie eins: Niederländer. Nur zu lange durfte sie nicht im *Sanatorium* bleiben. Das hatte ihr Max am dritten Abend mit einer langen Standpauke klargemacht, und als sie doch wieder einmal zu spät in den Laden zurückkehrte, wartete Max hinter dem Tresen und wetterte so laut, dass er sich die ganze Nacht nicht mehr beruhigte. Er brauche sie, um die Münzen zu sortieren, den Laden aufzuräumen und um die Bestellungen des nächsten Tages vorzubereiten. »Das weißt du ganz genau«, rief er aus, wie nur er ausrufen konnte.

Immer samstags musste sie den überschüssigen Tulpen die Köpfe abschneiden. Eine Arbeit, die ihr besonders missfiel. Aber sie verstand, dass sie es sich nicht leisten konnten, Blumen zu verschenken, und so packte sie die getrennten Köpfe und Stiele zu all den anderen Schnittabfällen in den Wagen, den sie einmal wöchentlich zu einem Bauern am Dorfrand brachte. Von Monat zu Monat wurde der Wagen voller. Aber die Einkaufsmengen ließen sich nur halbjährlich reduzieren. Teure Telegramme waren notwendig, für Vorteilspreise waren sie Abnahmeverpflichtungen eingegangen. Max ließ stattdessen in der Davoser Zeitung Inserate

schalten, pries »Frische Nägeli für 2.50« an und
vor Konfirmationssonntagen und Ostern:

*Die idealen Blumen fürs Fest: »Der Idealist«
– ausgezeichnet mit dem 1. Platz im Fleurop
Schaufenster-Wettbewerb!*

»Ein Jahr müssen wir uns mindestens gedul-
den«, sagte er, und als das Jahr um war, beauf-
tragte er Opoe, die schwarzen Lettern vom
Fenster zu kratzen. »Der Name könnte es richten«, sagte er. »Blumen Berger liefert, Blumen
Berger kommt.« Er weibelte im Hotel Palace,
und Opoe durfte nach den Lieferungen länger
im *Neederlands Sanatorium* bleiben. Doch die
Hoteliers sagten, sie wollten sich da raushalten:
»Sie müssen das verstehen, Herr Berger, wir
möchten niemanden bevorzugen.«

In der höchsten Stadt Europas hatte sich her-
umgesprochen, dass die holländischen Exoten-
Blumen schneller welken würden. Und einer
der Davoser Bauern, der bereits zur Eröffnung
gekommen war, entschuldigte sich freundlich:
Nägeli seien heute leider keine gekommen.
Dabei schmückten sie zwei Straßen weiter für
Zweivierzig die Auslage vom *Blumen Müller*.

In einem Tobsuchtsanfall schmiss Max einen
Stapel Blumentöpfe die Treppe in den Laden-
raum hinunter. »Was ist nur los mit diesen Leu-

ten? Sollen sie doch verrecken in ihrem Schnee und mit ihren Felswänden vor den Köpfen.« Opoe stand am Schaufenster und schaute lächelnd hinaus und hoch zur Schatzalp. Sie dachte an die drei Äffchen, die ihr eine Tante vom Rotterdamer Kolonialwarenmarkt nach Davos mitgegeben hatte: Nichts sehen, nichts hören, nichts sagen. Dort oben, da nächtigte einst sogar Thomas Mann.

Siebzig Jahre später hielt sie die flachen Hände seitlich an die Stirn. Wie es denn nun für sie gewesen sei, damals in Davos?, hatte ich sie gedrängt. »Und warum seid ihr gegangen?«

»Das waren Bergleute«, sagte sie in ihrem Ohrensessel. »Davos war vor allem eins: viel, viel Arbeit.«

Eines Morgens, als Max den Laden aufschließen wollte, hatte jemand mit Gülle Ausländer-Sau an ihr Schaufenster geschrieben. Er nahm einen der Blumen-Kübel und wusch es weg. Das sei es jetzt aber endgültig gewesen hier in der höchsten Stadt Europas, sagte er zu Opoe, die ihm wie angewurzelt zuschaute. Im Dorf kursierten Gerüchte. Er habe das Feld eines Bauern vergiftet, sagte man. Er beabsichtige die hiesige Blumenzucht mit ausländischen Blumen zu Grunde zu richten. Er, der Unterländer

112

und seine jüdische Ausländerfrau – oder wieso
sonst hat man die beiden noch nie in der Kirche
gesehen?

Opoe packte das Geschirr und die Kleider in
die Holzkisten, die die Zügelfirma zur Verfü-
gung gestellt hatte. Einen Nachfolger hatten sie
schnell gefunden. Nur zwei Monate vergingen
zwischen der Schmiererei und dem Wegzug.
  Das Wichtigste – Kleider für eine Woche,
Schmuck und die alltäglichen Toilettenartikel –
kam in die zwei Koffer und das Übriggebliebe-
ne in die beiden geflochtenen Wäsche-Zainen.
Sie stapelte die Papiere, die noch in den Schub-
laden des Sekretärs lagen, und schnürte sie mit
farbigem Blumenband zu Bündeln. Unter einer
der Abrechnungen, zwischen den Briefen aus
Bern, fand sie einen, den sie auch ohne Wörter-
buch verstand:

Lieber Sohn,

*Vater und ich haben uns ausführlich unterhalten,
und wir wollen Dir sagen, dass wir nichts gegen die
Holländerin haben. Sie ist bestimmt ein freundliches Fräulein! Wir denken aber, dass sie es in
ihrer Heimat besser haben würde. Das hat nichts
mit Fremdenfeindlichkeit zu tun! Sie ist doch aber
das raue, bäuerische Klima hier nicht gewohnt und*

kennt unsere Gepflogenheiten nicht. Es würde ihr nur Kummer bereiten. Wir möchten Dir eindringlich ans Herz legen, unsere Offerte anzunehmen und alles nochmals mit dem Fräulein zu besprechen. Am sinnvollsten erschiene es uns, wenn wir einen Betrag vereinbarten, der ihr und ihrer Familie reicht, das Kind in seiner Heimat großzuziehen, bis es volljährig ist. Das Geld soll nicht Deine Sorge sein, aber berücksichtige doch bitte, mein Sohn, dass eine solche frühe Verpflichtung in Deinem weiteren beruflichen Weg stehen würde. Du wirst nicht mehr verreisen können, und die Zeit, um eine anständige Existenz in der Schweiz aufzubauen, wird Dir fehlen. Auch sehen Vater und ich es nicht als ideal an, dass das Fräulein älter ist als Du. Bitte, mein Sohn, überlege Dir das alles nochmals sehr gut und antworte so schnell wie möglich positiv, sodass wir die Formalitäten regeln können.

An den Brief war ein Durchschlag geheftet. »Ich habe ein Kind gezeugt, darum werde ich mich kümmern«, hatte Max in einem Satz an seine Eltern zurückgeschrieben.

Opoe stand auf und setzte sich sogleich wieder hin. Sie legte den Brief zurück zu den anderen Dokumenten, stapelte die noch herumliegenden Papiere, die sie finden konnte, darüber und schnürte das Bündel mit dem lachsrosa Bastband mit Nachdruck zu.

Max kletterte in die Gitterkabine, die vom Schausteller mit zwei, drei kräftigen Stößen angeschoben wurde. Er verlagerte das Gewicht vom einen Fuß auf den anderen. Rock n' Roll schmetterte über die Schütz, E-Gitarren-Klänge, Schlagzeug und Gesang wild durcheinandergewirbelt. Der Gitterkasten schaukelte sich hoch, überschritt die Vertikale und begann eiernd zu kreisen. Die Strähnen über Max' Stirnglatze lösten sich, wurden hin und her geweht, und er versuchte seinen beiden Frauen durchs Gitter zuzulachen, musste sich anstrengen, das Lächeln zu halten, die Wallungen trieben ihn zu immer schnelleren Kreisen. Für sie tat er das, für Zusi und die fünfjährige Antonia, meine Mutter, die sie nun, in Bern, hergeholt hatten. Ihnen zeigte er, was er aushalten konnte. Das kleine Mädchen hielt besorgt Opoes Hand. Und Opoe winkte Max zu, amüsiert, und auch wenn es Blödsinn war, erinnerte es sie an Holland, an die gemeinsamen Wochen, bevor sie von der Schwangerschaft gewusst hatten. Er konnte so stürmisch sein, aus dem Nichts, aus irgendeinem unerklärlichen Grund, konnte eine Wildheit über ihn kommen, die sie bereits auf dem Pier erahnt hatte. Anfangs war sie sich nicht sicher, ob es ein kindisches Überbleibsel war, das sich auswachsen würde. Immerhin war er fünf Jahre jünger als sie. Aber es überkam ihn noch heute, und auch wenn die Schübe seit Davos merklich weniger geworden waren, kamen sie immer mal wieder durch. Max hatte Ideen und fällte Entscheide ohne andere – und ganz danach, was er für richtig hielt, sei es das Kind gewesen, sei es der Blumenladen, sei es der Umzug nach Bern.

Max spürte das Blut im Kopf pulsieren, als er aus der Gitterkabine stieg. Er hängte sich bei Opoe unter, und sie spazierten über die Schütz, wie man in Bern den Jahrmarkt, die Chilbi, nannte. Er keuchte und brauchte einen Moment, bis er sich und seine Schritte wieder eingependelt hatte. Und Antonia quengelte, dass sie zu den »Putschautos« wollte. »Gleich, gleich«, sagte Max. »Original Olma-Bratwürste. Zu gut für Senf!«, rief ein Marktfahrer über den Platz. »Lasst uns zuerst eine Wurst essen«, sagte Max.

Als sie in der Schlange standen, beobachtete Opoe ein Pärchen auf der neusten Chilbi-Bahn:

Mit jeder Runde kam es in einem kleinen blauen Flugzeug angeflogen, das an hydraulischen Armen hoch und runter schwebte, sodass es kribbeln musste im Bauch. Das Paar hätte einem Film entsprungen sein können. Beide trugen Sonnenbrillen. Das Fräulein in den Armen des Mannes hatte den Kopf lässig an seine ausgewaschene Jeansjacke gelehnt. Ihr Haar wehte. Das erinnerte sie an Cornelis, einen Operateur, bei dem sie in *Dort* in der Projektionskabine alle neuen Filme hatte schauen dürfen. Nach dem Baron war es ihr zweiter Freund gewesen, danach kam Max. Von einem Tag auf den anderen hatte er sie wegen einer anderen verlassen, und als Cornelis sie später doch wieder zurückhaben wollte, verbot es ihr der Stolz.

Opoe betrachtete das Karussell, das neben der Bahn mit den Flugzeugen aufwartete. Unzählige Glühbirnen säumten das Dach, und die Pferde darunter, auf denen man hoch und runter reiten konnte, die Holzkutsche und der mit einem Teppich gesattelte Elefant. Ein exotischer Palast, der sich drehte und den als einzige der Attraktionen eine beruhigende Musik begleitete. Eine Musik, wie von den farbigen Drehorgeln, groß wie Zirkuswagen, die in Holland von Musikanten durch die Straßen gezogen wurden.

Nach einiger Zeit zur Miete konnten Max und Opoe schliesslich eine Wohnung in einer Liegenschaft von Max' Eltern beziehen. Am Rande der Berner Innenstadt. Die Wohnung, in der auch ich mit Opoe in jenen drei Wochen wohnte. Max hatte Arbeit als Hausierer gefunden. »Vertreter«, wie er sich lieber nannte. Mit Lippenstiften – *Kitien, derjenige, der hält* – zog er von einem Coiffeur-Salon zum nächsten und dann mit Bürogeräten und Umdrucker durch die Sekretariate und Vorzimmer der Teppichetagen. Aber je länger er ein Produkt anpries, desto heftiger verstritt er sich mit dem Auftragsgeber. Alles Gauner, sagte er und meinte damit die Bieler Nylonstrumpffabrik Sander, deren Strümpfe nicht weniger schnell rissen als die amerikanischen Originale, oder die Firma Beaufort, die den Männern eine Haarpracht versprach, die nicht wuchs und ganz bestimmt keinem der Stürme standhielt, denen sie hätte standhalten sollen. »Gaunerpack«, sagte Max und suchte im Telefonbuch nach Dürrenmatts Nummer: »Das wäre doch eine Geschichte für Sie, wie Beaufort mit der Eitelkeit der Männer spielt!«

War die Kündigung deponiert, forderte Max Opoe auf, sich an den Esszimmertisch zu setzen und die Schriftproben für die nächste Bewerbung zu verfassen. Seine eigene Handschrift schien ihm zu exotisch für die Schweizer Arbeitgeber – weder »Schnürli« noch »Stein«, mit prallen Rundungen und ausladenden Großbuchstaben.

Und er begann für eine Luganeser Confiserie, *die erste am Platz*, Liköre zu vertreiben. Er, der nie einen Tropfen Alkohol trank, nicht aus Überzeugung, sondern weil er ihn nicht vertrug und wütend wurde, oder es wurde ihm schlecht, oder der Magen brannte. Also stellte er die zwei farbigen Flaschen vor Opoe auf den Tisch: gelber Likör aus Bananen, grüner aus marokkanischer Minze. Max notierte, was Zusi sagte. Wie seine Frau von dem Likör schwärmte, erzählte er dann den Kunden: Die Süße und Exotik, die nach dem Dinner den Mund erfrischte und aus einem nächtlichen Umtrunk ein karibisches Strandfest machte.

Manche sitzen an Holztischen und manche nicht. Das meiste Bekannte: Joel, zwei seiner Freunde und sein Bruder mit den gleichen leuchtend schwarzen Augen wie er. Zum ersten Mal lese ich vor Publikum. Auf einem Sofa. So haben es die Besitzer der Bar vorgeschlagen. »Mehr wie in einem Wohnzimmer«, haben sie gesagt, die nun hinter mir das Licht dimmen. Ich schaue auf die Blätter, die vor mir liegen, höre die Leute und das Gläserklirren verstummen, beginne zu lesen, tauche ab in den Rhythmus, die Worte, die Erinnerungen. Es bleibt ruhig im Raum. Mehr nehme ich nicht wahr. »Ich werde das Opoe nie, nie, nie verzeihen«, ende ich, warte kurz, dann schaue ich auf. Blicke ich in berührte Gesichter oder weichen sie mir beschämt aus? Hände und Arme schieben sich in mein Blickfeld, ich höre sie klatschen. In einer Ecke entdecke ich meine Mutter und drehe mich schnell zur Wand, versuche das Licht anzudrehen: Vier Rädchen und zwei

Knöpfe. Ich drehe und drücke. Es wird nicht heller oder nur am falschen Ort. Meine Mutter weinte.

Manchmal verabschiedete sich Max am Freitagabend und manchmal erst nach dem Frühstück am Samstagmorgen. So war es, als meine Mutter noch bei ihnen wohnte, und so war es, als Opoe und Max nur noch zu zweit in der Berner Wohnung lebten. »Du kannst mich hier nicht einfach alleine lassen«, rief sie ihm in den ersten Monaten noch nach. »Nur weil du es nicht mehr willst, kann ich nicht ein Leben lang darauf verzichten«, sagte er, ohne die Stimme zu erheben. Sie ließ die Wohnungstür ins Schloss knallen, aber er kehrte nicht um. »Du hast mich in die Schweiz geholt«, wimmerte sie im Ohrensessel und verbrachte das Wochenende in Schweigen, schaute aus dem Fenster auf die Alpen oder zog durch die Berner Altstadt, um sich in die Kleider und Accessoires in den Schaufenstern zu fantasieren.

Schaufenster, die damals schweizweit für Furore sorgten, mondän gestaltet vom Weltenbummler und Dandy von Bern, der weiße Plastikbecher aufeinanderstapelte, sodass sie eine Frauensilhouette ergaben, der reichlich Goldschmuck umgehängt wurde. Oder er präparierte Füchse, die er Beine der für Pelzmäntel werbenden Mannequins umschmiegen ließ.

An einem dieser Schaufenster hatte Opoe den Aushang entdeckt. Und am Montag, den siebten März 1969, stellte sie sich ebenda zu den viel jüngeren und wie für eine Hochzeit herausgeputzten Mädchen in die Reihe. Sie sollte etwas gegen ihre Einsamkeit tun, hatte ihr Max geraten. Und falls sie die Stelle kriegen würde, würde sie wenigstens die Samstage nicht mehr allein zu Hause verbringen. Es waren zwar kaum mehr bewusste Gedanken, die sie jeweils, nachdem sich Max in »seine 36 Stunden« verabschiedet hatte, plagten. Aber geblieben war eine drückende Anspannung in Bauch und Magen, die sie, selbst wenn er neben ihr im Bett lag, nicht mehr ganz verließ, die aber vielleicht auch schon immer, seit sie Holland verlassen hatte, da gewesen war.

Frau Weidmann war von beeindruckender Größe. Inmitten des Ladens musterte sie Opoe von oben bis unten. »Wie alt sind Sie?«, fragte sie: »Erfahrungen? Und diese Bluse haben Sie selbst genäht?« Opoe erzählte vom Blumenladen und dass sie Nähen in Holland gelernt habe. Frau Weidmann nickte: »Frauen schmücken ist wie Blumen binden. Wir werden Sie neu einkleiden, Frau Berger. Und nennen Sie sich von nun an Frau Bergé. Das hört sich eleganter an.«

»Rückzug in Berlin?«, fragte meine Schwester. Ich plante für einige Wochen hinzufahren, um Notizen zu ordnen, um Distanz zu schaffen, um in Ruhe auf das zu schauen, was sich in mir und meinem Computer angesammelt hatte. »Ich würde da ja nur Party machen«, lachte sie.

Ich versuchte es mit Zwischentitel: Augenhöhe, Geborgenheit, Bewundern, Bewundert werden, und ließ neben dem weißen Schreibfenster das blaue offen. Eine Website mit vielen Bildern und einigen wenigen Worten von Männern, die das eine oder das andere suchten. Die Spannung des einen Fensters übertrug sich auf das andere. Es war einfach, in Berlin ein Date zu finden, aber selten, dass dabei die Mauern fielen. Zwei Wochen spielte ich das Spiel, ohne dass mehr daraus geworden wäre. Dann schickte mir Yuri eine Tapse, wie auf der Seite die Symbole heißen, die einem den Smalltalk ersparen.

Yuri nannte sich Yuri, hieß aber da, wo er

herkam, ganz anders. Wir übertrumpften uns mit Wortspielen über Heizen, warm geben und heiß machen. Wir wussten, dass wir Sprüche klopften, und meinten es doch ernst.

Er wohnte im Hinterhaus, 156 Stufen, die letzte Tür, ganz oben. Einmal habe er für eine japanische Agentur Avatare animiert, erzählte er und setzte sich aufs Sofa in der Ecke der Einraumwohnung. Seine Lippen flatterten vor Schalk und Aufregung. Sie hätten das Wetter verkündet: »Nimm den Schirm mit, *Suitohato*, es wird regnen heute.« »Zieh dich warm an, Sweetheart, du willst dich doch nicht erkälten! Oder willst du alleine schlafen heute Abend?« Ich lachte, Yuri lehnte sich vor, um meine Wangen-Grübchen zu berühren, und ließ sich zurück ins Sofa fallen. Er zog die Beine an seinen Körper, umschlang sie mit den Armen. Ich streifte ihm die schwarze Mütze vom Kopf und über sein borstiges Haar. Ihm gefalle mein Po, flüsterte er, als er an ihn griff und sich unsere Lippen berührten. Sein Körper war sanft und glatt, außer der Scham. Ich verwechselte Sprachen, Englisch, Deutsch und Schweizerdeutsch. Ich sah uns von oben. Ich keuchte. Ich rang nach Atem.

In der Tür hielt mich Yuri nochmals zurück. Als er mich aus der Umarmung entließ, kreuzten sich unsere Blicke. Trauer, Verletzlichkeit und Entschiedenheit spiegelten sich in seinem. Ich sagte: »Also« und »tschüss«, dann »gute Zeit an der Ostsee«, »wie gerne ich auch dort hinmöchte«, »dann bis dann«, »bis wieder mal«, »bis bald in der Schweiz«, und drehte mich weg, als mir keine Floskeln mehr einfielen, lief die Treppe hinunter und spürte in meinem Rücken den Dornbusch brennen, wie Yuri die Türe nicht schloss.

Schon am nächsten Nachmittag hatten wir uns erneut geschrieben. Er machte Tee, setzte sich wieder auf das kleine Sofa. Drei Tage, die noch blieben, bis wir beide Berlin verlassen würden: er für die Ostsee und ich für meine Rückkehr in die Schweiz. Ich hörte ihm zu und betrachtete die dichten Augenbrauen, die wie die Empfangsanzeigen eines Handybildschirmes von innen nach außen anstiegen und größer und dunkler wurden oder kleiner und heller, je nachdem, was er gerade sagte. Er zeigte mir einige seiner Bücher, die er nach dem Umschlag aussuchen würde, nach der Schriftsetzung und nach der Bindung: Hier der Leinenfaden, der durch die Blätter gezogen wurde, und hier ein finnisches Spezialpapier. Er hatte sie alle gelesen, kannte deutsche Klassiker besser als ich. Er begann mir vorzulesen, aus einem Buch, das ich von früher kannte. Er legte eine Platte auf. Ein

Pianist. Ein Moderner. Die Nadel kreiste. Auf dem Boden hatte er eine Decke ausgebreitet; eine blaue Decke mit weißen Linien, die nun vor meinen Augen lag, in die ich biss, in die ich atmete, die feucht wurde und heiß. Der Pianist spielte in meinem linken Ohr. Ich hörte die Höhen und Tiefen der weltvergessenen Musik. Mit meinem rechten Auge sah ich den Spiegel, die Wand emporwachsen, sah ich meinen nackten Hintern, sah ich Yuris Gesicht, Yuris Hände, Yuris Finger, die auf mir spielten, auf meinem Bauch, auf meiner Brust, auf meinem Rücken.

Wir hielten uns eng umschlungen.

Wir tranken Kaffee.

Wir trockneten uns nach dem Duschen gegenseitig ab.

Wir gingen spazieren. In der Straßenbahn saß er mir gegenüber. Ob es mir was ausmachen würde, wenn er kurz die Augen schließe?, fragte er. »Klar, nein, mach nur«, sagte ich. Er lächelte. Ich war irritiert und trotzdem war es das Normalste der Welt, wie sich sein Gesicht entspannte; die Augenlider, die sich glätteten, bedächtig dalagen und die Lichter und Schatten des eindunkelnden Berlins, die darüberhuschten.

»Und was ist mit Joel?«, fragte meine Mutter. Ein gut gekleideter Mann, dramatisch betrunken, stellte sich zu uns an den grünen Bistrotisch. Für ein Glas Weißwein würde er unsere Beziehung analysieren, sagte er. Nicht unüblich für ein Bieler Straßencafé. Er setzte sich dazu. »Sie würde alles für dich tun«, sagte er, ohne abzuwarten, ob wir für ihn Wein bestellten. Das sehe er daran, wie wir nebeneinandersäßen und dem Treiben auf der Straße zuschauten. Nebeneinander und nicht gegenüber. »Einen sozialen Beruf, aber in leitender Stellung«, musterte er meine Mutter und deutete auf die randlose Brille, die Bluse, das kurze, weiße Haar. »Und die Hautfarbe, der dunkle Teint, der lässt auf eine gute bezahlte Stelle mit viel Ferien schließen.« Wir nickten, obwohl nicht mal die Hälfte stimmte. Wir lachten. Wir warteten, bis er ausgetrunken hatte, bis er aufgestanden und weitergezogen war. Dann fragte meine Mutter wieder: »Und Joel, was ist mit Joel?«

Zu Beginn, als wir angefangen hatten, uns zu treffen, wollte Joel lange nicht, dass ich ihm zu nahe kam, zu oft oder zu lange bei ihm schlief oder zu viele Fragen stellte. »Es will doch niemand wissen, was da drin vor sich geht.« Er zeigte auf seine Brust: »Das interessiert doch niemanden«, sagte er. »Doch, mich«, versicherte ich ihm über zwei Jahre immer wieder und erzählte im Gegenzug Dinge von mir, die man sonst niemandem erzählte, Schwächen, Befindlichkeiten und der Moment, von dem ich glaubte, die reinste Angst gespürt zu haben:

Ich war spontan zu meiner Mutter in die kleine Kleinstadt gefahren, klingelte und suchte, als sie nicht zur Türe kam, unter den Steinen im Vorgarten den Ersatzschlüssel: »Hallo?«, rief ich ins Treppenhaus und fand sie im Obergeschoss in ihrem Bett liegen, schwitzend, mit Kopf- und Gliederschmerzen. Seit gestern Abend fühle sie sich schwach, sagte sie verschlafen. Ich hatte sie aufgeweckt. Eine starke Erkältung, irgend so etwas. »Nimm doch ein Bad«, schlug ich vor und beharrte darauf in einer Mischung aus Besorgt- und Altklugheit. Setzte mich währenddessen im Erdgeschoss vor den Fernseher, bis ich aus dem Obergeschoss einen dumpfen Knall hörte. »Mama?«, rief ich nach oben, bekam aber wieder keine Antwort. Also stieg ich hoch und fand meine Mutter neben dem Bett am Boden liegen. Nackt. Ihre faltigen, dunklen Arme wie losgelöste Glieder gekrümmt vom Körper gestreckt, auf der Türschwelle das Badetuch und neben ihrem Kopf eine Blutlache, die sich ausbreitete. Ich wurde panisch und versuchte die Nummer des Notarztes ins Handy zu tippen, eine Szene, die sich bis heute in meinen Träumen wiederholt. Ich spürte die Hitzewellen des Adrenalins in meinen Magen schießen. Es war meine Schuld, das war mir sofort klar. Ich hätte sie nicht zu einem Bad überreden sollen.

Ich kniete mich neben sie, versuchte sie in die Bewusstlosenstellung zu drehen.

Der Notarzt kam.

Sie war dehydriert, was wegen des heißen Bads zu einem Kreislaufkollaps geführt habe. Er gab ihr Flüssigkeit. Die Wunde am Kopf konnte noch vor Ort genäht werden. »Alles ging gut aus. Aber in jenem Moment, als ich meine Mutter so daliegen sah, wurde mir bewusst, was meine größte Angst war, und selbst jetzt, wenn ich nur daran denke, spüre ich sie fast genauso stark wie damals: die Angst vor dem Tod meiner Mutter. Die Angst vor der Zeit danach, der Welt und dem Leben ohne sie, ohne den einzigen Menschen, der immer einfach und ohne Bedingung für mich da war und mich liebte«, sagte ich. Joel schaute mich durch die dicken Brillengläser an, mit denen er vor dem Zubettgehen die Kontaktlinsen ersetzte. Er überlegte, strich über seine Knie, bevor er zu erzählen begann:

Dass er oft mitten in der Nacht aufschrecken würde, weil er den Krebs in seiner Mutter regelrecht wuchern sehe oder weil sein Vater von einem Haus fallen würde. Er wisse, dass das kindisch sei, aber jedes Mal fühle es sich von Neuem so real an, dass er danach nicht mehr schlafen könne. Selbst wenn er dann mitten in der Nacht aufstehen würde, lesen oder irgendwas zur Ablenkung tun, die Angst ließe sich einfach nicht abschütteln.

Seit meiner Rückkehr in die Schweiz skypten Yuri und ich fast täglich. Er hatte nicht lange gebraucht, um meine Zweifel auszuräumen: die Kritik an der Moderne, an der Zweidimensionalität der Computer, in der Sinne auf der Strecke blieben, kein Riechen und kein Tasten.

Ich genoss es, wie ich auf dem Bildschirm seine Mimik beobachten konnte, wie seine Augen funkelten, wie er von meinem Arsch redete, den er berühren möchte, von den sehnigen Muskeln und all dem Unfassbaren, das die Fantasie ausmalte.

Ich stieg ein ins Spiel, über Wochen hin und her. Wir schickten uns Smileys und Küsse, die nur Zeichnungen waren und trotzdem wirkten. Er las mir meine Texte vor und ich posierte für seine Bilder. Ich entblößte meinen Lendenknochen, um mit der Ecke des T-Shirts meine Brille zu putzen. Er malte das Ende meines Rückens, wenn ich mich bückte. Wir zogen uns aus. Wir erzählten uns von Filmen, die wir gesehen hatten und schickten uns Lieder: »On ne change pas, on met juste les costumes d'autres sur soi«.

Tanzen möchte er, schrieb Yuri. Tanzen genau jetzt, zu diesem Lied, hier in der Straßenbahn.

Wir synchronisierten den Moment, in dem wir die Lieder abspielten, ich hier, er dort: »I am lost, in our rainbow, now our rainbow has gone.« Und von einem Moment auf den anderen flog er zu mir: »Ich buche jetzt, ja? In sechs Stunden bin ich bei dir.«

Das erste Mal, dass wir den Bielersee entlang spazierten. Das erste Mal, dass ich morgens für ihn Kaffee kochte. Wir hörten Musik. Wir tranken Wein, und es legte sich wie immer von Alkohol, ein roter Schimmer über seine Wangen. Mit dem Finger malte ich ihm ein Lächeln ins Gesicht, einen weinenden Mund und schließlich ein Amulett um seinen Hals. Er beschrieb farbige Linien, die sich zwischen uns hin und her spannen würden. Ich saß auf seinen Beinen. Sein warmer Atem huschte über mein Gesicht, und plötzlich durchströmte mich ein feiner Schmerz, eine sanfte Angst: Ich hatte an Joel denken müssen, der sich ungefähr jetzt in Bern allein ins Bett legen würde und nicht anders konnte, als an uns zu denken, an mich, wie ich nun in Yuris Armen lag, während er, Joel, stattdessen seinen verwaschenen Teddybären in die Arme schloss, sich unter der Decke verkroch und hoffte, dass ihn bald der Schlaf erlösen würde.

Yuri hatte aufgehört zu reden, schaute mich fragend an. Dass ich gerade an Joel habe denken müssen, sagte ich, und Yuris Augen begannen zu glänzen. Dass es vielleicht nichts werden könnte mit uns beiden, begann er zu fürchten, er, der weder sich noch Joel verletzen wollte und sich doch nichts so sehr wünschte wie diese Linien, diese bunten Fäden, die sich zwischen uns aufgespannt hatten, die aus seinen Augen in meine schossen, die sich von seiner Brust zu meiner zogen. Ich legte meine Hand in seinen Nacken, zog ihn zu mir und wir tauchten ab, in ein leeres, lichterfülltes Zimmer, in eine Steppe mit wüstenweißem Sand, Musik, Wind und Wellen.

Ich wachte auf und tastete ins Leere. Ich öffnete die Augen und sah Yuri mit übereinandergeschlagenen Beinen auf der Fensterbank sitzen. Er schaute hinaus in die sonntägliche Ruhe, rauchte verschlafen in die gepflasterte Altstadt, in der bald Joel um die Ecke biegen würde. Joel, den er bisher nur von einem Bild her kannte. Joel, mit dem wir verabredet waren.

Wir wanderten durch Nebel und Schneegestöber. Joel rannte einen Schneehang hoch, prustend und Atemwolken vor sich her tragend.

Ich rannte hinterher, und nach kurzem Zögern folgte Yuri, der mich bald überholte. Zwei Männer, die lachend auf der Hügelkuppe auf mich warteten, bis auch ich, außer Atem, angeschnauft kam. Die Kälte, die an den Lungenzipfeln riss. Joel und Yuri, die Schneebälle warfen. Joel, Yuri und ich, die den Hang hinunter rannten, rutschten und sich fallen ließen, sich gegenseitig zu Boden rissen und auf die Beine halfen. Zu dritt, die wir uns mit Schnee einrieben, uns näher kamen. Unsere Körper, die sich berührten, für einen kurzen Moment, als wäre alles möglich, unklar, ob Schauspiel, Traum oder Wirklichkeit.

»Donat«, schubste mich Joel an in der Nacht, nachdem wir Yuri gemeinsam zum Flughafen begleitet hatten. Ich war bereits tief in die Traumwelt abgetaucht: ein Fest im Garten eines eleganten Hauses. Aus einem Stück schwarzer Plastikfolie hatte ich mir einen Umhang gebastelt. Mit weit gespreizten Armen hielt ich ihn hinter mir auf und rannte durch den Garten. Ich rief »Batman!«, und die Leute lachten und schauten verwundert, als ich plötzlich den Boden unter den Füßen verlor und über ihren Köpfen kreisend an Höhe gewann. Ich sah das Haus von oben, ihre überraschten Gesichter, und war selbst erstaunt, wie leicht es war zu fliegen. Ich setzte zum Sturzflug an und sauste durch die weit geöffnete Terrassentür ins Wohnzimmer. »Donat!« Ich öffnete die Augen. »Donat, ich kann nicht schlafen!«

Wie überraschend innig es mit Yuri gewesen sei, hatte ich ihm vor dem Einschlafen erzählt, nun hielt sich Joel mit schmerzverzerrtem Gesicht beide Hände auf den Bauch: »Schreib doch mal darüber«, sagte er und meinte, wie es seinen Magen drehte und zusammenzog, so sehr, dass er Angst hatte, er müsste sich jeden Moment übergeben. »Es geht nur um Sex«, hatte er gehofft, würde ich von Yuri erzählen. Unsere Beziehung sei die prioritäre, hätte er von mir hören wollen, als ich ihm, wie es unsere Abmachung war, auch alles andere erzählt hatte.

Dass mir nun eben auch Yuri viel bedeuten würde, versuchte ich meiner Mutter zu erklären. Ein Bus war vor dem Bistro stehen geblieben und blies uns die Hitze der Klimaanlage entgegen. Eine Gruppe Teenager rannte kreischend zwei Mädchen hinterher. Man könne doch auch mehrere Menschen lieben, sagte ich: »Yuri ist ein Konzert und Joel ein Bergsee. Das ist doch beides schön.«

Fragte ich mich in Tagträumen, wer besser zu mir passte, schimmerten unsere Gesichter übereinander wie auf einer mehrfach belichteten

Fotografie. Und je länger wir uns trafen, desto mehr veschwammen sie, wurden immer schwerer auseinanderzuhalten. Dafür wurde umso klarer, wonach ich mich in diesem Moment gerade sehnte: Geborgenheit oder Antrieb, Bestätigung oder Herausforderung, für jemanden da zu sein oder um jemanden zu wissen.

»Zum Beispiel vor einigen Tagen, da bin ich allein im Bett aufgewacht und habe mich nach Joel gesehnt«, sagte ich zu meiner Mutter, »oder nach Yuri. Ich konnte es nicht sagen oder vielmehr, ich konnte das eine oder das andere Gesicht über meines legen und das Gefühl blieb das gleiche: Die Sehnsucht nach Armen, die mich festhalten, eine warme Brust, Hände, die durch mein Haar fahren. Ein Gefühl, wie unter einer wolkig weichen Daunendecke oder von einem Gewicht, das auf mir liegt, ohne mich unter Wasser zu drücken.«

»Aber Joel ist doch so ein Guter«, sagte meine Mutter und konzentrierte sich auf den zerknüllten Bon in ihren Händen. »Wie er an deinem Geburtstag mit einer Rose am Bahnhof auf dich gewartet hat. Wie er sich beim Picknick deiner Schwester um alles kümmerte, Nachschub auftischte, bevor etwas hatte ausgehen können, und zusammenpackte, bevor es dafür zu dunkel geworden war! Du solltest ihm Sorge tragen.«

»Aber das mach ich doch«, sagte ich. Ich fühlte mich in die Enge getrieben. »Wir sprechen doch über alles. Er hat doch zugestimmt! Er war es doch, der von Anfang an nur eine offene Beziehung mit mir wollte! Wäre es denn klassisch besser, ich würde mit Joel Schluss machen, damit ich noch ›andere Erfahrungen‹ sammeln kann? Ist ein Reh im Wald, das wegspringen kann, nicht schöner, als eines ihm Zoo?«

Ich nahm zwei Schlucke Wein, der von der untergehenden Sonne warm geworden war: »Man kann doch nicht von einem einzigen Menschen alles Glück erwarten, und wenn überhaupt, dann kann man dieser doch nur selber sein!« Meine Mutter nickte und bemühte sich um ein Lächeln: »Donat, ich kann nicht über dein Leben entscheiden.«

Liebe Hanne, hier ein Bild von meiner Schwester
Rosa und mir auf dem Schilthorn. 6 Jahre vor ih-
rem Tod vor 36 Jahren. Du erinnerst mich ...

Es war Max' Handschrift auf der leimver-
schmierten Rückseite eines Fotos, das mir bei
meiner Mutter aus einem Album entgegen fiel.
Der Text sollte wohl noch weitergehen, war
aber mangels Platz bereits unleserlich geworden. Vermutlich deshalb hatte er es zurück ins
Album geklebt. Das Foto zeigte ein Mädchen
mit zwei Zöpfen, das auf einem Steinhaufen
saß, und daneben Max, ein nur wenig größerer
Junge, ans Gipfelkreuz gelehnt. Er lächelte, einen Mundwinkel verschmitzt nach oben gezogen, sodass man seinen schiefen Schneidezahn
sehen konnte.

Zwanzig Jahre seien Hanne und Max ein Paar
gewesen, sagte meine Mutter. Ein Paar und doch
keines. Bis Hanne nach zwanzig Jahren nach
Deutschland zurückgekehrt sei. Max habe nie

groß zu verheimlichen versucht, wohin er samstags fuhr. Er habe es nicht ausgesprochen, aber es auch nicht verneint. »Ich bin immer zu meiner Familie gestanden«, sagte er auf dem Sterbebett zu meiner Mutter, »aber mit Hanne habe ich etwas erfahren, das ich von Zusi nicht kannte.«

Wolken hatten sich über Nacht zusammengeschoben. Von einem Tag auf den anderen sei es drückend heiß geworden, erzählte Yuri, als er mich am Hauptbahnhof abholte. Seit einem halben Jahr fuhr einer von uns einmal im Monat für eine Woche hin oder her.

Die Menschen schwebten durch die Straßen, als würden sie von der dicken Luft getragen. Schicht um Schicht zog ich aus, was ich im Zug angezogen hatte. Die Jacke, den Pullover. In der Vertiefung unter Yuris Adamsapfel sammelten sich einzelne Tropfen. Der Ausschnitt seines T-Shirts reichte tief; sein rechtes Schlüsselbein, ein einzelnes Brusthaar. Wir aßen Eis, ich küsste ihn; kalte Schokolade, Joghurt, Ingwer. Wir setzten uns in einen Park. Ich legte meinen Kopf auf seinen Schoß, zog die Schuhe aus und krempelte die Hosen hoch. Wenn ich die Brille abnehme, sei ich ein anderer, sagte Yuri, wilder, sagte er und schob leise nach, dass er das möge.

Wir tranken Weißburgunder. Wasserperlen am kalten Glas. Er ließ seine Termine ausfallen.

Ich spürte seinen Atem an meinem Kinn. Er erzählte, wie er in seinem Land Fahrradfahren gelernt, wie ein Galerist Gefallen an dem einen Bild gefunden, wie er diesen und jenen Mann um den Finger gewickelt habe. Die Geschichten glichen sich, aber ich wollte nichts sagen, ich wollte nicht, dass er aufhörte zu erzählen. Er kraulte meinen Kopf. Die Geborgenheit, die von seinen Worten ausging, die Ruhe, die ihr euphorischer Ton auf mich ausstrahlte.

Yuri öffnete die Augen, und ich sah seinen fordernden Blick. Ich kniete im Bett über ihm. Er nahm meine Hand, führte sie an seinen Mund und mit einigen Tropfen Spucke zwischen seine Beine. Ich tastete mich an den Haarstoppeln vorbei der Haut entlang, die immer weicher wurde, verteilte den Speichel, kreiste ums Loch und rutschte abrupt in ihn, zu schnell, zu tief. Er schrie und schlug gleichzeitig zu. Nicht sanft auf die Haut, sondern mit Kraft auf meinen Kiefer: »Du bist so grob!« Links, rechts, links, folgten Ohrfeigen, von denen keine klatschte.

Die Gesichter, die plötzlich wechseln, die im Bett ganz anders aussehen als am Tag, in der Küche, auf der Straße. »Spinnst du«, riss ich mich los und setzte mich außer Reichweite an die Wand.

Joel war betrunken, als ich bei ihm zum ersten Mal dieses Gesicht zu sehen bekommen hatte. Kein freundliches, kein verständnisvolles, sondern ein hasserfülltes. Er war betrunken und wütend, weil ich mich an einem Konzert an ihn gehängt hatte, weil ich ihn festhalten, weil ich seine Aufmerksamkeit auf mich ziehen wollte. Immer wieder versuchte er sich in der Menge abzusetzen; ohne mich zu fragen, ob ich mitkäme oder ob ich auch etwas von der Bar haben wolle. Als sich die Reihen schließlich lichteten und wir frühmorgens wieder nebeneinanderstanden, folgte er mir schweigend nach Hause. Nicht schwankend, aber doch so, dass seine Umgebung in schummrigem Licht verschwommen sein musste und der Blick nur nach vorne zeigte. Er drückte meinen Kopf ins Kissen, riss mich aus dem Schlaf und ließ an mir und meinem Körper all das ab, was er mir vorwerfen wollte. Den ganzen Frust, dass er seine emotionale Unabhängigkeit verloren hatte. Tat all das, was er sich sonst nie erlauben würde.

Yuri rutschte zu mir, strich mir über den Rücken. »Sorry«, sagte er, »ich weiß nicht, was in mich gefahren ist.« Er nahm meinen Kopf zwischen seine Hände, drehte ihn sanft zu sich. Wir küssten uns lange, umarmten uns und dämmerten in der abklingenden Hitze Haut an Haut und im Rhythmus der gemeinsamen

Herzschläge, die langsamer und leiser wurden, durch die Nacht.

Frau Weidmann trug aufwendige Hüte, begrüßte die Kundinnen inmitten des Ladens und wies sie den zur *Apparance* passenden Verkäuferinnen zu: »Mit Ihren Bedürfnissen kennt sich Frau Lehmann am besten aus!« »Frau Bergé wird Ihnen gleich weiterhelfen.« »Damit sind Sie bei Frau Blum genau richtig.«

Opoe und die Kolleginnen hatten sich bereitzuhalten, aber so, dass es nicht wirkte, als hätten sie nichts zu tun. Sie führten hinter dem Tresen Listen, was verkauft worden war und was fehlte. Sie zählten nach, ob alles korrekt notiert worden war, oder sie kümmerten sich um die Ordnung im Laden, schüttelten eine Bluse auf, die schon länger gefaltet im Regal gelegen hatte, oder wischten den Staub von den Regalen. Dabei hielten sie die Ohren stets offen, damit sie sofort zur Stelle sein würden, wenn ihr Name fiel.

Bald gab es Kundinnen, die sich nur noch von »der Holländerin« bedienen lassen wollten.

»Frau Bergé meinen Sie?«, korrigierte Frau Weidmann bestimmt, aber höflich, und forderte Opoe mit einer dezenten, hinter dem Rücken verborgenen Handbewegung auf, die »Dame« zu bedienen.

Frau Weidmann war eine gute Seele, sagte Opoe in ihrem Ohrensessel. »Sie hat sich für uns eingesetzt, vor allem in Ehebelangen. Sie hat mir geraten, ein eigenes Konto zu eröffnen, und bot sogar ihre Hilfe an. Aber Max war dagegen: Ich wisse doch gar nicht, wie mit Geld umgehen. Und da hatte er auch wieder recht.«

Ein Leben lang taten das andere Leute für sie: der Vater, der Bruder und schliesslich Max.

Yuri zögerte, mich aus der Umarmung zu entlassen. Ein Flughafenmitarbeiter passte mich ab. »Nur ein Gepäckstück«, sagte er. Ich begann zu schwitzen, versuchte den Rucksack zwischen die Kleider in den Koffer zu zwängen. Yuri kam mir zur Hilfe. Seine Augen, seine Hand an meinem Kopf. »Vielleicht so?« machte er Vorschläge. »Vielleicht das Etui dort unter das Badetuch? Oder dort in die Ecke neben die Schuhe? Lass dir Zeit, ich töte ihn mit meinen Blicken.«

Ich lief die abgesteckte Schlangenlinie ab und wartete vor dem Förderband der Gepäckkontrolle. Yuri hatte eine Lücke in der Trennwand gefunden; eine Glastür, durch die er nach mir Ausschau hielt. Ich winkte, er lächelte und schaute zu, wie ich den Computer aus der Hülle nahm, wie ich die Jacke in die Kiste legte und den Gürtel auszog. Ein besorgter Blick, aber voller Entschiedenheit, bei mir zu bleiben. Ich passierte die Sensorschranke. Ich nahm mein Gepäck vom Band und schaute über immer mehr Köpfe hinweg zur Glastür, zu Yuri, der unverändert dastand und winkte, wenn sich unsere Blicke trafen. Ich ging die Treppe hoch, drehte mich ein letztes Mal um, bevor ich die Halle verlassen würde. Zum letzten Mal: Yuri's Kopf, Yuris Augen und die farbigen Linien, die sich zwischen uns spannten.

Meine Mutter war elf, als sie mit zwei Freundinnen an der Autobahn stand. Eine der ersten der Schweiz. Große, grobkörnige Betonplatten, die man dafür am Rande von Bern verlegt hatte. Schloss man die Augen, hörte es sich wie das Rumpeln von Zügen an, nur ungleichmäßiger im Rhythmus. »Lass uns die Straße überqueren«, schlug Vroni vor. Zwar führte eine Überführung über die Autobahn, aber da musste man die Fahrräder die Treppe hoch und auf der anderen Seite wieder runter tragen. »Nein, das dürfen wir nicht«, sagte meine Mutter und zog Rosi an der Hand zur Treppe. »Angschthaas, Suppehaas, morn chunnt dr Oschterhaas!«, sang Vroni und stieß ihr Fahrrad die kleine Böschung zur Fahrbahn hoch, während Rosi und meine Mutter ihre Räder auf die Überführung schleppten. Dann rannten sie. Die Räder hatten sie fallen lassen. Sie hatten ein Quietschen und einen Knall gehört.

Meine Mutter erinnerte sich an das Bild von Vroni auf dem Boden und das Auto, das querstand, und dann erst wieder daran, dass die Polizei von der Wache aus Opoe angerufen hatte, die zu Hause war, aber sie nicht abholen konnte. »Sie müssen bitte auf meinen Mann warten«, sagte Opoe dem Polizisten am Telefon, der kenne sich da aus. »Um fünf Uhr sollte er zu Hause sein. Rufen Sie bitte um fünf Uhr wieder an, ja, hören Sie?«

Sie habe doch nicht gewusst, wie man in der Schweiz mit der Polizei umgehen würde, sagte sie später. Sie habe nichts falsch machen wollen, mit den Behörden. »Das müssen Sie verstehen, Antonia. Das war eine andere Zeit.«

Von dem Geld, das Frau Weidmann überwies, zahlte Max Opoe ein Taschengeld: der Lohn abzüglich des Wohnungsbeitrags und des Haushaltsgelds, das er ins große Einweckglas im obersten Fach des Küchenbuffets steckte. Er hatte ihr das alles vorgerechnet. Das war bestimmt korrekt, und das Taschengeld reichte längstens, um sich einmal die Woche mit einer Arbeitskollegin zum Tee zu verabreden, und dann sogar noch, um etwas auf die Seite zu legen. Auch das war ein Vorschlag von Frau

Weidmann gewesen: »Schauen Sie, dass Sie immer etwas auf der Seite haben. Bereits das Wissen darum, macht Sie unabhängiger von Ihrem Mann!« Frau Weidmann war es auch, die Opoe ermutigte zu reisen, als sie in Rente gehen musste. »Und wenn er nicht mitkommt, dann machen Sie eben eine Gruppenreise.«

Im ersten Jahr fuhr Opoe im Bus nach Rom, Pisa und Florenz, im zweiten nach Spanien, und im dritten nahm sie zum ersten Mal das Flugzeug: Ägypten. Später Mexiko und schließlich Indonesien, die einstige Kolonie des niederländischen Königreiches. Das war immer ihr Traum gewesen. Indonesien, das war in Holland in aller Munde: *Indische Rijsttafel,* ein pseudoindonesisches Gericht, das in jedem *aziatischen* Restaurant auf der Karte stand.

Von dieser Reise hatten wir sie abgeholt. Eine der wenigen Kindheitserinnerungen an Opoe:

Am Flughafen Zürich konnte man von der Besucherterrasse den *Fliegern* beim Abheben und Landen zuschauen. Ihrer war verspätet gemeldet, und als er schließlich doch gekommen war, erzählte Opoe, dass sie ihr beim Einsteigen in Indonesien, in Jakarta, mein Geschenk abgenommen hätten, wir es aber hier am Schalter wieder abholen könnten. »Ein Dolch, mit Handverzierungen«, sagte sie zu mir und strich mir mit leuchtenden Augen durchs Haar. Meine Mutter schüttelte den Kopf: »Man schenkt doch einem sechsjährigen Jungen keine Waffe! Und an welchem dieser Schalter sollen wir das holen?« Opoe stand einen Moment lang verloren da. »Dann könnt ihr beide euch die drei Äffchen teilen«, sagte sie zu mir und meiner Schwester. Meine Mutter legte ihre Hand auf Opoes Koffer: »Nimm die doch mit zu dir nach zu Hause. Dann können die Kinder dort mit ihnen spielen.«

Die Äffchen kamen neben dem goldigen Trio auf der Kommode in Opoes Schlafzimmer zu stehen. »Ja, nehmen Sie sie nur runter«, sagte Opoe zu mir, als wir zu Besuch waren. »Die holzigen, das sind diejenigen aus Indonesien!« »Die spielen verstecken«, sagte ich. Einer der Affen hielt sich die Hände an die Ohren, der andere vor den Mund und der dritte vor die Augen. Meine Mutter lächelte: »Ja, Schatz. Das mussten Frauen wie Opoe ein Leben lang tun.«

Ich musste die Beine anziehen, zuvorderst im oberen Stock des roten Doppelstockbusses. Äste peitschten gegen die Scheibe. Es schien unmöglich, dass der Bus zwischen der Baustellenabsperrung und den Alleebäumen hindurchpassen könnte. Ich versuchte die Gedanken anzuhalten, die in meinem Kopf Runde um Runde drehten. Versuchte sie anzuvisieren und abzuknallen, aber sie zogen ungebremst weiter durch die Schießbude »Eifersucht«.

»Können wir skypen?«, hatte Yuri eine Nachricht geschrieben und ich ein Café mit WLAN gesucht. Er strahlte in die Kamera. Wie es mir gehe, fragte er, und das Bild verpixelte. »Donat, ich muss dir etwas sagen«, sagte er noch immer strahlend. »Ich habe diese Nacht mit einem anderen geschlafen.« Ein Holländer, groß, blond, blaue Augen, hörte ich ihn erzählen. Ein kantiges Gesicht und wie gut er sich kleide, schwärmte er.

Meine Gedanken kreisten immer schneller:

Schweinchen, Hase, Reh mit irrem Bambi-Blick. Seit Wochen hätten sie hin und her geschrieben und sich gestern Abend spontan getroffen, Karaoke gesungen, *Heartbeats*, *The Knife*. Er habe ihm die Hand auf den Oberschenkel gelegt, und als sie bei ihm zu Hause angekommen seien, als sie in seinem Bett lagen, sich umarmten und sich seine Hände unter dem T-Shirt hoch und dann runter in die Boxershort tasteten, schüchtern gefragt: »Darf ich?«

Yuris Miene verfinsterte sich, als er merkte, dass ich nicht mehr nickte, nicht mehr lächelte, dass ich den Tränen nahe war, dass es in mir brannte, dass ich schreien wollte und gleichzeitig den Kloß im Hals bekämpfte. »Ich freu mich für dich«, versuchte ich zu sagen, aber die Worte versiegten in meinem trockenen Mund, bevor sie ihn verlassen konnten. »Ich brauche einen Moment«, stammelte ich, »alles okay.« Der Verkehr lärmte wie zusammengepferchte Schweine in einem Tiertransport. Tiefschwarze Wolken schossen aus den anfahrenden Bussen. Mit einer Serviette versuchte ich den Ruß vom Laptop zu wischen. »Lass uns morgen weiter skypen, ja?«

Liebe Wilhelmina,

ich schreibe Ihnen aus der Schweiz, wo ich mit meinem Mann und meiner Tochter wohne. In Ihrem wundervollen Buch schreiben Sie, wie das Sehen des Auges und das Hören des Ohres wichtige Dienste erfüllen, aber vom Willen regiert würden. Diese Worte waren mir die letzten Tage eine unbeschreiblich große Hilfe, ja ein Halt in dieser schwierigen Zeit. Mein Mann hat mich zu Herrn Doktor Schnell geschickt, weil ich von einer großen Übelkeit geplagt wurde, womit ich Sie aber nicht weiter belästigen möchte. Mein Mann ist ein guter Mann. Er sorgt sich um mich. Er ist Schweizer, fleißig und anständig. Ich bin mir sicher, Sie kennen solche Menschen aus Ihren Urlauben in den Schweizer Alpen. Der Herr Doktor arbeitet in Zürich und hat mich nicht lange untersucht. Es war auch nicht das erste Mal, dass ich unter diesen Umständen zu ihm gekommen war. Er hat sich hinter seinen schweren Holzschreibtisch gesetzt, *dann seine Hand auf meine gelegt und mit seiner leisen Stimme – wissen Sie, er spricht immer so leise – auf mich eingeredet: »Frau Bergé, ich kann das nicht mehr für Sie tun!« und mir drückten die Tränen, weil mein Mann hat das schon lange und auch schon die letzten Male deutlich gemacht: Mehr als ein Kind, das geht nicht. Wir sind nicht in diesem Maße wohlhabend. Ich habe die Tränen zurückgehalten und dem Herrn Doktor Schnell versprochen, es sei das allerletzte Mal. Da musste ich an Sie denken, wie Sie es vorlebten und in Ihrem Buch auch schreiben. Der Wille steht über allem, und die Gefühle, das Leben, sie werden sich ihm fügen.*

Mit der Tram war ich mit Katka bis an die Endhaltestelle im tiefsten Osten der ostdeutschen Stadt gefahren. Sie zeigte mir die Plattenbauten eines Viertels, das man, als sie Kind gewesen war, Schlammhausen nannte. Morastige Zwischenflächen waren nach der Wende begrünt worden, und immense beige Fassaden zierten nun Regenbögen. Wir setzten uns in ein Café inmitten eines ausladenden Parkplatzes. Ein Café, das eigentlich eine Aufbäckerei war, eine Filiale einer Backwarenkette. Mit spitzen Fingern tippte hinter der Theke eine Frau mit rot gefärbtem Haar die Bestellungen in die Kasse. Duft von warmem Brot stieg mir in die Nase. Ein Radio spielte. »Es war, als hätte ich nur noch mit mir selbst geredet«, sagte Katka. Hals über Kopf war ich zu ihr nach Leipzig gefahren. Evas Mutter war vor einiger Zeit gestorben. Danach hatte sich Eva immer weiter zurückgezogen. Katka hatte über Monate versucht, nochmals den Dreh zu finden, Situationen zu schaffen, in denen sie hätte reden, in denen sie gemeinsam hätten anschauen können, wer was brauchte. »Das kommt schon«, hatte ich sie immer wieder ermutigt. »Aber sie hat mich einfach nicht mehr gehört«, sagte Katka: »Ich drang nicht mehr zu ihr durch.«

Joel hielt meine Hand. Wir schwiegen und drangen auf der Hafenmole in den Nebel über dem Bielersee ein. Nervöse Wellen klatschten gegen die Mauern. Die Nachrichten von Yuri waren Tag für Tag weniger geworden. Zuerst war der Rhythmus ins Stocken geraten und bald darauf hatte er den Kontakt ohne Worte ganz abgebrochen.

»Wir können auch befreundet sein, ohne Sex, ohne körperliche Nähe«, hatte ich vorgeschlagen. Das wäre auch schön. Das würde ich hinkriegen. Yuri hatte ja gesagt, aber die Nachrichten blieben aus. Der Wind wechselte von einer in die andere Richtung.

Wie ich dieses Gefühl im Magen auch nach Wochen nicht loswerden würde, erzählte ich Joel. Dieses Ziehen und Krampfen. Joel legte mir eine Hand auf den Bauch, umarmte mich, frottierte meinen Rücken. Wir ließen die Beine knapp über der rauen Wasseroberfläche baumeln, bedacht darauf, dass die Wellen nicht mehr als die Schuhsohlen erwischten. Dass ich einfach nicht glauben könne, dass er mich vom einen Tag auf den anderen verlassen habe, sagte ich: »Heißt das, das war alles nicht wahr?«

Joel schwieg und überlegte: »Du wirst neue Leute kennenlernen«, sagte er schliesslich. »Und du hast mich.«

Irgendwo hinter dem Nebel versteckte sich der Jura, der sanfte, grüne und felsige Ausläufer der Alpen, ein Gebirge, das wir an Wochenenden oft zusammen bestiegen.

Es klingelte im Backsteinreihenhaus von Freunden von Freunden, in dem ich in London wohnte. Ein schrilles Surren, das mich vom Küchentisch aufschreckte. Ich hatte mir gerade eine Schüssel Porridge zubereitet, weil es schnell ging, weil ich in London war, weil ich seit den Skype-Gesprächen mit Yuri keinen Hunger mehr hatte, aber essen musste. Ich ging zur Tür, weil ich mich verpflichtet fühlte, auch wenn es nicht meine Haustür war, und sah durch den Vorhang eine alte Frau in einem rosa Strickjäckchen stehen. »I'm only a guest here«, sagte ich, als ich die Türe geöffnet hatte und die Frau mit beiden Händen meine Hand ergriff und schüttelte. »Yeah, I know«, sagte sie und schob sich an mir vorbei in die Küche. »Is it allright, if I take a seat, darling?«, fragte sie, während sie sich an den Küchentisch setzte. Ob sie ein Glas Wasser möchte, fragte ich. Sie nickte. »I used to look after the children of the house. I live in the neighbourhood. And on my walks

I often take a rest here.« Behelfsmäßig räumte ich das schmutzige Geschirr, das Messer und die Reste von einem Apfel zur Seite, die ich auf der Anrichte hatte liegen lassen. »Am I holding you from preparing your meal, darling?«, fragte sie. Ich schüttelte verlegen den Kopf. »I only take a short rest«, sagte sie, als ich ihr das Glas Wasser hinstellte und mich zu ihr setzte. »It's good to live in this neigbhourhood«, sagte sie. »It is close to the church. And it is nice to take a walk here. Where are you from, darling?«

»From Switzerland«, sagte ich.

»From Switzerland?« Sie überlegte. »I have been there with my husband. I am from Snowdon Mountain. It is the highest mountain in the area. Do you know Snowdon Mountain? I always will remember my childhood there. It is good to have memories of your childhood. You always can remember them. Where are you from, Darling? Switzerland? My husband used to work on a sea cruise ship. As a musician. But he accepted the job only after they agreed he can bring me with him on the ship. Where are you from, Darling?«

»Switzerland«, sagte ich. »Yes, we have been in Switzerland, my husband and me.« Sie zögerte. »I am from Snowdon Mountain. It is good to have these memories of your childhood. You always will have them. Am I holding you from preparing your meal, darling? Where are you from?« Ich verneinte, ich sagte »Switzerland«. Bis sie ihr Glas Wasser ausgetrunken hatte, abrupt aufstand und sich in der Türe nochmals zu mir umdrehte: »Come here, darling!« Sie stellte sich auf die Zehenspitzen, »lovely to meet you, darling«, und drückte mir einen dicken Kuss auf die Wange, »God bless you!«

Seit dem Morgen habe ich in der »Barke« geschrieben. Die Sonne hat im Verlauf des Tages den Nebel vertrieben. Es ist Frühling geworden.

Dass ich mich am liebsten eine Weile in den kleinen Garten hinter meinem Haus legen würde, überlege ich auf dem Nachhauseweg. Dass ich dazu aber einen Liegestuhl bräuchte, weil die Wiese unter dem kleinen knorrigen Apfelbaum feucht sein dürfte. Vielleicht könnte ich im Brockenhaus einen Liegestuhl finden oder bei meiner anderen Großmutter, die noch lebt, sich aber schon lange nicht mehr auf die Terrasse setzt, weil es ihr zu heiß ist, oder zu kalt, auf alle Fälle zu unsicher.

Ob diese Großmutter überhaupt je einen besessen hat, frage ich mich. Auf alle Fälle hat Opoe einen von meiner Mutter geschenkt bekommen. »Schauen Sie, Donat, mein neuer Liegestuhl«, hat sie ihn mir vorgeführt, voller Enthusiasmus, als gälte es, mich als Kunde zu gewinnen. Weiß war er, aus Plastik. »Schön bequem«, sagte sie und klappte die Rücklehne hoch und runter, wobei ich ihren Arm halten musste, damit sie nicht das Gleichgewicht verlor. Aus dem Großverteiler-Gartencenter im Angebot für neunundvierzigneunzig, las ich auf der Verpackung, die in einer Ecke stand.

Später, als sich Opoe nur noch schwer aus ihm erheben konnte, bot sie ihn mit ebenjener Freude mir an und setzte sich auf einen Stuhl daneben. Zusammen schauten wir durch das Holzgittergeländer auf die Autos, die an der Altersresidenz vorbei in den Feierabend fuhren. Das helle Holz war von den Abgasen schimmelgrau gepunktet, und das weiße Plastik des Liegestuhls bedeckte eine dünne Schicht Ruß. »Der sei aber wirklich schön und bequem«, sagte ich, und als sie strahlte, fühlte es sich ganz warm an, aber es stach auch im Herzen, weil es nur einen Liegestuhl brauchte, um sie glücklich zu machen. Oder ein kleines bisschen Aufmerksamkeit, ein Ausflug in ein nahe gelegenes, mittelalterliches Städtchen, das sie mondän fand, oder das Verzieren ihres krückengrauen Notrufknopfes mit warnroter Taste, den sie sich umhängen musste.

Sie hatte versucht ihn unter der Bluse zu verstecken, aber die graue Schnur stach auch unter der Perlenkette hervor. Also beklebte ich ihn für sie mit Glaskristallen aus dem Bastelladen und ersetzte die graue Schnur durch eine vergoldete Messingkette. Danach trug sie ihn über der Bluse auf ihrem großen Busen und sagte allen, dass es ihr Enkel gewesen sei, der den Knopf verschönert habe. Bis ihn ihr der Hauswart wieder wegnahm, weil er nur gemietet sei und nun eine neue Generation ausgeteilt würde. Sie zeigte mir den genau gleichen kahlgrauen Alarmknopf mit warnroter Taste, und ich versprach ihr, auch diesen Knopf zu verzieren, was ich nie tat.

Daran erinnerte ich mich, als ich in den Himmel zu den Wolken schaute und zum ersten Mal verstand.

Merci

Unzählige mir liebe Menschen haben zu diesem Buch beigetragen – oder zu meinem Leben? Liebe Ruth, lieber Peter und lieber Huy, danke fürs Dasein und all die Denkanstöße. Meinen Eltern, meinen Geschwistern, lieber Junshen, liebe Britta, liebe Maria, liebe Eva, liebe Rebecca und liebe Ivona: Danke, es wäre nicht möglich gewesen ohne euch. Liebe Ulrike, liebe Eva und liebe Linda: Danke, dass ihr an Opoe geglaubt und euch für dieses Buch eingesetzt habt.

Für die Unterstützung seiner Arbeit dankt der
Autor dem Kanton und der Stadt Schaffhausen
für einen Förderbeitrag 2015.

Besuchen Sie uns im Internet:
www.ullstein-buchverlage.de

Ullstein fünf ist ein Verlag der
Ullstein Buchverlage GmbH, Berlin

ISBN 978-3-96101-012-7

©Donat Blum 2018, Ullstein Buchverlage GmbH,
Berlin, 2018
Alle Rechte vorbehalten.
Umschlaggestaltung: Favoritbüro, München
Titelabbildung: shutterstock/© Ratana21
Foto des Autors: © Melanie Hauke
Satz: L42 AG, Berlin
Gesetzt aus der Granjon
Druck und Bindearbeiten: GGP Media GmbH,
Pößneck
Printed in Germany

Kathrin Weßling

Super, und dir?

Roman.
Literatur.
Klappenbroschur.
Auch als E-Book erhältlich.
www.ullstein-buchverlage.de

Mit emotionaler Wucht beschreibt Kathrin Weßling eine gnadenlose Welt, in der Ersetzbarkeit, fehlende Perspektiven und der Zwang zur Selbstoptimierung eine ganze Generation unter Druck setzen.

Marlene Beckmann ist 31 Jahre alt und lebt das Leben, das sie sich gewünscht hat. Auf die Frage, wie es ihr geht, antwortet sie reflexartig: »Super, und dir?« Tatsächlich fühlt sich aber gar nichts super an. Doch sie wahrt den Schein. Bis sie ihren ersten richtigen Job antritt. Bis sie vor lauter Überstunden kein Privatleben mehr hat. Bis der Druck schließlich größer wird als sie ...

»Kathrin Weßling haut einem mitten in die Fresse. Sie schont sich selbst nicht, ihre Protagonistin nicht und den Leser nicht. Was für eine emotionale Wucht.«
Isabel Bogdan

Wlada Kolosowa

Fliegende Hunde

Roman.
Literatur.
Gebunden mit Schutzumschlag.
Auch als E-Book erhältlich.
www.ullstein-buchverlage.de

Ein Roman über den Hunger nach Freundschaft und Liebe – und über deren Verlust.

Seit ihrer Kindheit teilen Oksana und Lena Schulbänke, Geheimnisse, erste Berührungen – bis Lena die Schule abbricht und sich als Model in die weite Welt absetzt.

Oksana versucht ihren Kummer mit einer zynischen Diät in Schach zu halten und gerät dabei zunehmend in die Fänge einer fanatischen Internetgemeinde.

»Ein freches, leidenschaftliches, kluges Buch.«
Wladimir Kaminer